Für Gaby, meine Fee

Herstellung und Verlag:
BoD - Books on Demand, Norderstedt
ISBN 978-3-7431-8165-6

Ein typisches Dorfgespräch:

Για
Για
Καλα;
Καλα
Που ρας;
Σπιτη
Κ'εγο
Τα λεμμε
Για

# Inhalt

Aigio, Hellas ohne Filter

Gedanken am Fluss

To Avlaki

Nikos

Kalavrita

Steingeschichten

Ausgrabungen

Thomas

Kurzschluss

Fastenzeit

Griechische Akzente

Totale Stille

Danke

Hinweise

# Χατζη

Als ich 1993 zum ersten Mal in unser Dorf mit dem unaussprechlichen Namen kam, war es ein Geisterort. Was mir gleich auffiel, war, dass sich die Geister eine ausgesprochen schöne Lage zum Wohnen ausgesucht hatten. Von den 20 Häusern rund um die Kirche mit den 6 riesigen Pinien waren 4 von Griechen bewohnt, 6 standen leer und 10 waren mehr oder weniger im Verfall begriffen. Nicht, dass deshalb keine Geister drin wohnen könnten. Das Dorf liegt auf einer kleinen Kuppe oberhalb des Flusses und hat sowohl eine fantastische Sicht auf die Berge des Panachaikos, als auch nach der anderen Seite einen herrlichen Blick auf den Golf von Korinth und die dahinter liegenden Gipfel der Giona.

Ich war durch Zufall hierher geraten. Ein Besuch bei Freunden in Aigio und deren Idee, einen Spaziergang zu machen lenkten meine Schritte zum ersten Mal in diese Gegend, die ich nunmehr seit fast 25 Jahren meine zweite Heimat nenne. Wie so oft im Leben war es der Zufall, der entschied, wo und mit wem ich glücklich werden sollte. Denn es war , das kann ich heute sagen, eine ausgesprochen glückliche Fügung.

Wir hatten uns damals auf den Kirchplatz unter die Pinien gesetzt zum Ausruhen. Über uns das grüne Schirmdach der Bäume, durch das hier und da der blaue Himmel durchschien, hinter uns die kühle Wand des Kirchenschiffs, vor uns ein kleines, altes Steinhaus, unbewohnt. Und – Stille. Nur ein leichter Wind bewegte die Äste der Pinien und führte zu dem von mir so geliebten Rauschen, bei dem ich heute immer noch am besten einschlafen kann. Ein tiefes Gefühl der Ruhe und der Zufriedenheit nahm damals von mir Besitz. Irgendwie war ich angekommen, ich wusste es nur noch nicht.

Heute, 24 Jahre, 2 Hauskäufe und –renovierungen und einige persönlichen Turbulenzen später, hat sich das Bild von Χατζη geändert. Manche sagen zum Schlechten, ich sage: Zum Guten. Bis auf 2 Häuser stehen keine mehr leer, viele der Ruinen wurden im alten Stil wieder aufgebaut zu schmucken Wohnhäusern, viele neue Häuser kamen dazu. In der zweiten Hälfte der neunziger Jahre und zu Anfang des neuen Jahrtausends gab es einen regelrechten Kauf-, Bau- und Renovierungsboom. Χατζη war kein Dornröschenschloss mehr, viele Prinzen kamen, um die Prinzessin wach zu küssen. Manche fanden ihr Glück, andere scheiterten, viele Geister verschwanden, neue kamen hinzu. Χατζη wurde zum Begriff für eine gelungene Dorfsanierung, aber auch für den Ausverkauf von griechischem Grundbesitz an Ausländer, zumeist Deutsche. 80% der Häuser sind in deutscher oder schweizer Hand, die Mehrzahl der Dorfbewohner spricht Deutsch. Das Dorfbild ist jedoch, unbestritten, ansehnlicher, hübscher und auch sauberer geworden, letzteres wohl verursacht von der importierten Kehrwoche.

Wer vermutet hat, dass mit dem demographischen Wechsel sich die Atmosphäre verschlechtern würde, den muss ich enttäuschen. Die Ausländer pflegen durchweg einen guten Kontakt zu den weiter ansässigen Griechen, es ist ein Geben und Nehmen, neudeutsch wohl Winwinsituation genannt. Und das nicht nur, weil durch die Bautätigkeiten auch Jobs für die Griechen vor Ort entstanden sind.

Natürlich hat sich auch in Χατζη im Laufe von einem Vierteljahrhundert einiges verändert. Der Burgfrieden des Dornröschenschlosses ist Vergangenheit, die Dorfstraße wurde geteert, der Verkehr hat zugenommen, Telefon, Kanalisation und Internet haben Einzug gehalten. Im Fluss werden Steine gebrochen für den Bau der neuen Autobahn, auch das trägt mit zu einer neuen Geräuschkulisse bei. Die Rufe der Eulenvögel des nachts sind weniger geworden, das Bellen der Hunde dagegen häufiger. verfügt mittlerweile über eine der höchsten Hundedichten der umliegenden Gemeinden, welches nicht zuletzt der Tierliebe einiger Neubürger zu verdanken ist.

Dennoch empfinde ich, wenn ich in Χατζη bin, immer noch diese Aura der Ruhe und des Friedens, die es einem ermöglicht, die Seele baumeln zu lassen. Es gibt sie trotzalledem hier noch, diese absolute Stille, wo man nichts hört außer dem Rauschen in den Ohren, insbesondere nachts. Ich wache hier oftmals auf aus tiefstem Schlaf und weiss im ersten Moment nicht wo ich bin. Der Lebensrhythmus ist ein anderer. Das Leben verläuft langsamer, entschleunigter. Es gibt Tage, da passiert überhaupt nichts, man ist alleine mit sich und seinen Gedanken, kann sich im Nichtstun üben. Und es gibt Tage, da passiert alles auf einmal. Feuer , Überschwemmung, Unfall, Streit und Versöhnung, Geburt und Tod. Das tägliche Leben ist nicht kalkulierbar – am wenigsten in Χατζη. Und das ist gut so. Deshalb bin ich immer wieder gerne hier in meinem griechischen Bergdorf, meiner griechischen Heimat.

Zum Schluss eine kleine Hilfestellung zur Aussprache dieses Ortsnamens: Χατζη. Für fremde Ohren ein Zungenbrecher, für Griechen normal. Ich habe in diesem Büchlein die Schreibweise geändert, damit nicht jedesmal wieder ein Bruch beim Lesen entsteht. Für Χατζη schreibe ich: Chatsi. Ein tief im Rachen ausgesprochenes «ch», ein weiches «s» und die Betonung liegt auf dem «i». Versuchen Sie es doch mal, es ist gar nicht so schwer!

# Aigio – Hellas ohne Filter

Die meisten fahren vorbei an ihr - dieser Stadt, lassen sie links oder rechts liegen auf dem Weg nach Patras oder nach Athen. Manche bewusst, weil sie nichts mit diesem Bauern und Hirtennest zu tun haben wollen - meistens die Intellektuellen aus Patras oder Athen - oder unbewusst, weil sie gar nicht wissen, was sie verpassen. Touristen machen nur selten Station hier. Mal tanken oben an der Shell beim Krankenhaus und dann wieder weiter, oder wenn man die romantische Abkürzung nimmt mit der Fähre von der anderen Seite. Aber dann schnell, schnell weiter und raus aus der Stadt. Korinth, Olympia, Delphi, Mykene - die alten Steine rufen.

Mich hat es zum ersten Mal vor dreißig Jahren hier her verschlagen. Auch nur per Zufall. Freunde hatten sich ausgerechnet diese Stadt ausgesucht, um aus dem hektischen Deutschland zu fliehen und hier in der Aigialeia ihre Seele wieder auszubalancieren. Die Stadt hatte damals schon - und sie hat es heute noch - einen gewissen bäuerlichen Charme - eigentlich in sich schon ein Widerspruch. Nichts von der Aufgeschlossenheit von Patras, keine geschichtsträchtigen Kastelle, eigentlich überhaupt keine Kultur - sieht man mal ab von dem Starfighterdenkmal am westlichen Ortseingang und von dem Versuch der Errichtung einer kulturellen Begegnungsstätte. Aigio ist der Marktplatz für die Bauern aus den umliegenden Bergen, der Ort, wo die Ziegenhirten ihre Ziegen verkaufen, sich mit Neuigkeiten und Proviant versorgen. Die Stadt ist den Bergen, dem Panachaikos zugewandt, nicht nur äußerlich, sondern auch von ihrer Seele her. Hat eine Stadt eine Seele? Ja, sie hat! Eine zerfurchte, eine spröde Haut, eine schwielige - genauso wie die Hand eines Bauern, der oben in einem der vielen kleinen Bergdörfern seine Oliven und Korinthen erntet. Die Stadt ist einsilbig, manchmal mürrisch, scheint nichts Liebliches zu haben, und doch erscheint sie unter ihrer harten Schale einen weichen Kern zu besitzen. Ihn zu entdecken ist nicht einfach. Das geht nicht mal so eben im Vorüberfahren. Um zu Aigios Seele vorzudringen, muss man hier leben , muss man sich auf seine Derbheit, seine grobe Sprache, seine raue Umgangsart einlassen und auch zulassen, dass man dabei ziemlich vor den Kopf gestoßen werden kann. Griechen können Geduld aufbringen, etwas aussitzen -

ihre Geschichte hat sie dies gelehrt. In den Jahrhunderten der Besetzung durch Türken, Italiener und auch Deutschen blieb ihnen nichts anderes übrig, als die Zeit für sich arbeiten zu lassen. In Aigio ist es ähnlich. Schnell und spontan geht hier nichts vonstatten. Nur, wer Geduld hat und Hartnäckigkeit kann daran denken, hier zur Kenntnis genommen zu werden. Zur Kenntnis heißt noch nicht akzeptiert. Dahin ist es noch ein langer Weg. Griechenland hat viele Fremde kommen und gehen sehen in seiner Geschichte. Auch in Aigio gab es neue Gesichter, die jedoch bald wieder von der Bildfläche verschwanden. Einige jedoch blieben und fanden eine Tür ins Gedächtnis der Aigioten. Als Xenos ist es schwer, hier in Aigio diese Tür aufzustoßen. Man muss dazu die Sprache lernen, also nicht nur Griechisch, sondern auch das Bauerngriechisch - Gestik und Mimik inbegriffen. Und man muss lernen, wann man zu schweigen hat und wann man seinen Mund aufmacht. Aigioten merken, wann es einem ernst ist. Körpersprache ist international. Augenblicke des Abtastens, Momente des Verständnisses. Als Xenos wird man nie wirklich Aigiot. Wenn man Glück hat, dann erreicht man das Stadium der "wohlwollenden Duldung". Immer wird einem bewusst gemacht, dass man nicht aus aigialischer Erde stammt und auch nicht dorthin zurückkehren wird. Oftmals ein schmerzhafter Prozess. Gerade wenn es einem Ernst ist mit dem Bleiben. Doch immer , wenn eine Tür in Aigio aufgeht, ein unverhofftes Lachen das Gesicht erhellt, ein Klaps auf die Schulter das Gemüt erheitert - dann macht sich wieder ein Stückchen neue

Heimat auf und man fühlt , wie eine kleine neue Wurzel wächst in die aigialische Erde...

# Gedanken am Fluss

Das Rauschen des Flusses ist für mich wie ein Schlafmittel – also drehe ich mich noch mal um und verlängere meinen Nachmittagsschlaf um ein paar Minuten. Wie schön, diesem Geräusch zu lauschen – fließendes, rauschendes Wasser. Im Halbschlaf stelle ich mir vor, wie der Meganistis, so heißt unser Fluss, dort unten in seinem Bett talabwärts zieht – dem Meer entgegen.
Jedes Jahr findet er einen neuen Weg, nie ist sein Bett das gleiche, er ist ein unsteter Wanderer, ein Zigeuner der Berge. Im Sommer nur ein Rinnsal, das man locker trockenen Fußes überqueren kann, von Stein zu Stein eine Furt suchend, im Frühjahr ein reißender Gebirgsfluss, gefüllt mit den Wassern des

schmelzenden Schnees vom Panachaikos und vom Klokos .
Sein Bett ist breit – breit genug um darin eine Autobahn bauen zu können . Doch da sei Zeus davor – es reicht schon , dass die ganzen Hänge zwischen Korinth und Patras zerfurcht und durchlöchert werden für die neue Intercitytrasse und den vierspurigen Ausbau der Nationalstraße. Der Fluss baut sich seine eigene Wasserbahn und windet sich so wie er will in seinem breiten Bett.
Weiter oben im Tal , wo die Bergwände schroffer und steiler werden, muss auch er sich mit weniger Platz begnügen, riesige Felsbrocken muss er umfließen, oftmals stürzt er sich mit lautem Tosen mehrere Meter talabwärts , heraus aus dem Tal, das weiter oben zum Pass nach Rakita ansteigt.
Schon oft bin ich seinem Lauf gefolgt, zu Fuß , zuerst mit leichten, dann mit immer schwieriger werdenden Kletterpassagen, bis ich endlich nicht weiter kann – eine Mauer aus Macchia und Felsen versperrt den Weg zu seinem Ursprung.
Hier , unterhalb des Hatschinger Horns, bin ich oft auf einem Felsen gesessen und habe auf mein geliebtes Flusstal herab geblickt. Rechts und links gesäumt von Olivenhainen und Korinthenplantagen. In der Ferne der Golf von Korinth und der markante Berg auf der anderen Seite, dem ich den Namen „Belchen" gegeben habe, weil er so ähnlich aussieht wie sein Namensvetter im Schwarzwald, meiner anderen Heimat. Heimat – ein emotionales Wort und ein Name, der Emotionen weckt. Heimat ist dort, wo man zu Hause ist. Oder sich zu Hause fühlt. Ich fühle mich hier zu Hause. Es ist eine

von meinen beiden Heimaten. Meine griechische. Vor einiger Zeit musste ich feststellen, dass ich zwei Heimaten habe. Kann man das überhaupt? Zwei Heimaten haben? Gibt es mehr als nur eine Heimat? So einfach lässt sich das nicht beantworten. Ich jedenfalls habe zwei . Besser, als gar keine zu haben.
Die Berge und das Meer. In meiner anderen Heimat gibt es das nicht – das Meer. Oft habe ich mir versucht vorzustellen, dass dort , wo der Rhein fließt , das Meer sein müsste. Nach Westen ein unendlicher Horizont, Strände im Markgräfler Land, kleine Buchten am Kaiserstuhl, Pinienwälder in der Ortenau. Und der Heimathafen meines Schiffes – wahrscheinlich Sasbach oder Breisach. Ein utopischer Gedanke. Aber lustig, sich das vorzustellen.
Die Berge hier sind majestätischer als im Schwarzwald. Die Schluchten und Täler sind tiefer, die Gipfel sind höher. Das Land ist wilder , einsamer , viel weniger zersiedelt und bewohnt als im Badischen. Und es gibt noch einen Unterschied: Es gibt weniger Bäume. Besser gesagt: Mittlerweile gibt es noch weniger Bäume. Griechische Pyromanie hat sie verbrannt und zu Asche gemacht. Ein paar irre Bodenspekulanten, die ohne Skrupel das zerstören, was Griechenland, nicht nur die Achaea, so lebenswert macht: die Natur. In den neunziger Jahren raste die erste Feuerwalze von Korinth nach Patras und nun, zehn Jahre später fraß die zweite Brunst die paar restlichen Bäume auch noch auf, die die erste verschont hatte. Verbrannte Erde , schwarze Stummel, wie mahnende Finger ragen die Stümpfe in den blauen Himmel , wie ein Mahnmal aus verkohlten Stelen. Die Bäume hatten keine Chance

gegen das Feuer. Die Natur würde 25 Jahre brauchen, bis hier wieder Bäume stehen , doch dazu wird es nicht kommen, jedenfalls nicht überall, denn Häuser baut man schneller, als Bäume wachsen können. Doch wer will denn in diesen Häusern wohnen, wer kann das ertragen, umgeben zu sein von verbrannter Erde mit den toten Baumleichen? Der Caterpillar, eines der beliebtesten Spielzeuge von griechischen Männern, wird die verkohlten Leichen entfernen, sie herausreißen und die Reste verbrennen, wenn sie denn noch brennen sollten. Und dann werden die kahlen Stellen zugemauert, mit neuen Straßen, und neuen Baugerippen aus armiertem Beton. Der Wald ist tot, es lebe der neue Betonwald.

Ach ja , die Berge. Auch wenn sie kahl sind, sie bleiben dennoch majestätisch und ungerührt. An ein paar Stellen ist das Feuer nicht hingekommen. Tatsächlich gibt es sie noch, die kleinen Inseln aus grünen Piniendächern. Da und dort stehen sie noch, diese Haine des Ursprünglichen, die eine Ahnung vermitteln, wie es hier früher mal ausgesehen haben mag. Seit diesen schrecklichen Bränden habe ich ein noch innigeres Verhältnis zu den Pinien bei mir am Kirchplatz entwickelt. Diese sechs Riesen mit ihren gigantischen grünen Schirmen, die mir und den Häusern Schatten geben. Ab und zu tätschele ich ihre mit tiefen Furchen durchzogene Rinde und bin einfach nur froh, dass es sie gibt . Sie bieten nicht nur Schatten, sondern auch Lebensraum für Insekten, Vögel und Reptilien wie zum Beispiel Eidechsen. Sogar Schlangen gibt es auf Bäumen. Eine Gruppe von Albanern machte einmal Rast auf dem Kirchplatz, als mitten in die

Gruppe hinein eine Schlange aus dem Piniengeäst fiel. Ich war Zeuge des Vorfalls. Die Albaner sprangen wie von der Tarantel gestochen auseinander und prügelten vor lauter Schreck sofort auf die Schlange ein, die keine Chance auf Entkommen hatte. Ich untersuchte hinterher das was von ihr übrig geblieben war. Es handelte sich entweder um eine Würfelnatter oder eine Äskulapnatter – so genau konnte man das nicht mehr sehen...

Hier am Oberlauf des Meganistis kann man den Blick schweifen lassen über die Berge der Achaea, die Vardousia auf der anderen Seite des Golfes , den Parnass, der bis in den Mai hinein seine weiße Mütze trägt und den Klokos mit dem Kapellchen auf dem Gipfel im Osten.

Hier oben ist das Wasser des Flusses noch glasklar und auch im Sommer noch eiskalt. Sobald der Fluss aber sein Bett im sich weitenden Tal weiter unten erreicht, wird er unfreiwillig zum Transportmittel von allem Unrat, dessen sich die Menschen auf bequeme Art entledigen wollen. Wo immer ein Weg am Fluss entlangführt, oder eine Brücke ihn überspannt findet man wilde Müllkippen. Wie einfach es doch scheint, mal eben im Vorüberfahren eine Tüte Hausmüll in den Fluss zu werfen. Das nächste Hochwasser spült den Müll in Richtung Meer. Natürlich kommt der nicht in der kompakten Form an, wie er seine Reise oben angetreten hat. Der Beutelinhalt wird ziemlich schnell im Flussbett verteilt und bleibt dann in den Spalten und Ritzen hängen. Organische Teile verrotten ja ziemlich schnell, doch die Plastikanteile bleiben für Jahre erhalten, verunzieren die Flusslandschaft und gelangen in den Nahrungskreislauf.

Wie oft habe ich mich gefragt, was sich diese Leute dabei denken, wenn sie ihren Müll auf diese Weise entsorgen. Wahrscheinlich darf ich mir diese Frage gar nicht so stellen. Sie denken darüber gar nicht nach. Sie sehen darin kein Vergehen und ein Begriff wie „Umweltverschmutzung" existiert in ihren Gedanken überhaupt nicht. Darf man ihnen deshalb keinen Vorwurf machen? Dem Einzelnen bestimmt nicht. Jedoch der Gesellschaft und deren Erziehungsstrukturen sehr wohl. Ein Volk, das soviel Natur im Überfluss um sich herum hat, macht sich keine Gedanken über deren Zerstörung. Warum auch! Es ändert sich ja nichts am Gesamtbild. Warum sollte durch ein Vorgang, der sich schon seit Generationen so abspielt, auf einmal etwas an der Situation geändert werden? Es ist ein schleichender Vorgang der Vermüllung, und das Resultat schleichender Vorgänge wird nicht ad hoc wahr genommen, sondern man gewöhnt sich daran. Für uns, den müllentsorgungsverwöhnten Mitteleuropäer ist der plötzliche Anblick wilder Müllhalden schon so eine Art Affront – eine Art optischer Belästigung, die sogar soweit gehen kann, dass der Betrachter den Anblick nicht mehr .
ertragen kann! Ich kenne Griechenlandbesucher/innen, die wegen dessen ihren Urlaub abgebrochen haben, bzw. ihn als Grund angeben, nicht mehr nach Griechenland zu fahren.
In unserem Dorf wurde vor 7 Jahren eine geregelte Müllabfuhr eingerichtet. Am Dorfplatz stand am Anfang ein (!) Container, der zu Beginn nie richtig voll wurde. Die Akzeptanz kam erst ganz langsam. Waren

viele der neuen Hausbesitzer aus Deutschland oder der Schweiz vor Ort, dann war der Container schnell voll. In den Monaten allerdings, da nur wenige der Neubürger da waren, füllte sich der Container nur schleppend. Der Grund war nicht, dass die Griechen weniger Müll produzierten. Der Grund war der, dass die in den umliegenden Hügeln lebenden Griechen den Müll erst mal zum Container selbst transportieren mussten. Das war ihnen zu umständlich. Einfacher war, den Beutel in der ersten Kurve in die Büsche zu schmeißen.

Mittlerweile gibt es drei große Container, die, man glaubt es kaum, zur Mülltrennung gedacht sind! Einer für Pappe und Papier, einer für organischen Müll und einer für Verpackungen und Plastik. Das mit der Trennung ist allerdings so eine Sache... Prinzip: Wenn der eine voll ist, dann werfen wir die Tüte halt in den nächsten. Immerhin erfolgt eine regelmäßige Leerung der Tonnen und ich versäume es nicht, den Männern ab und zu mal einen Ouzo anzubieten für ihre nützlichen Dienste.

Als ich mich von meinem Sitzstein erhebe entdecke ich doch tatsächlich eine Plastikflasche im Geröll darunter. So ist diese Pest also auch hier oben schon angekommen! Wie mag die bloß hierher gekommen sein? Weiter oben ist doch keine Zivilisation mehr? Vielleicht ein Schafhirte, der zu faul war, sie wieder mit vom Berg herunter zu bringen, oder ein Wanderer? Wie auch immer. Seufzend bücke ich mich nach der Flasche und packe sie in meinen Rucksack. Ihr Gewicht werde ich auf dem Heimweg wohl verschmerzen können und ein kleines bisschen habe ich auch ein gutes Gewissen dabei – gibt es da nicht so ein schlaues Sprichwort? Jetzt darf ich nur nicht vergessen, die Flasche auch in den dafür vorgesehen Container zu werfen – wenn er nicht schon voll ist...

# To Avlaki

Ich erwache aus traumlosem Schlaf. Nur einmal hat mich in der Stille ein Hund geweckt, aber ich bin sofort wieder eingeschlafen. Etwas rauscht. Nicht in meinen Ohren, sondern etwas rauscht so, als ob ein Gebirgsbach durchs Zimmer fließt. Gurgelnd, plätschernd, gluckernd läuft irgendwo Wasser ziemlich rasch bergab. Ich blinzle verschlafen und riskiere einen Blick unter der Bettdecke hervor durchs Fenster in den Morgenhimmel. Stahlblau, noch keine Sonne. Ich starre an die Wand gegenüber und warte, dass mein Gehirn langsam anfängt zu arbeiten. Soviel Retsina war das doch gestern Abend nicht gewesen. Ich warte vergeblich, dass mein müder Verstand eine logische Erklärung findet für das Rauschen. Regen kann es nicht sein, nach einem Wasserrohrbruch hört es sich nicht an,

dazu ist es zu unregelmäßig, und doch – hier fließt doch irgendwo ein Bach durchs Haus! Das lässt mir keine Ruhe und ich stehe auf. Die Neugier macht mich wach. Nachdem ich beruhigt festgestellt habe, dass kein Wildbach durchs Zimmer fließt, öffne ich die Haustür und linse hinaus. Fast hätte ich sie erschrocken wieder zugeknallt, denn unmittelbar vor meiner Tür steht Thomas, mein griechischer Nachbar. Natürlich hat er mich gleich bemerkt und begrüßt mich lauthals.
„Petro! Ti kanis? Kalo hypno?"
Er stützt sich auf eine Art Harke ohne Zinken und grinst mit seinem zahnlosem Mund unter seinem Stoppelschnauzer hervor.
„Nero! Ja to perivoli!"
Spricht's und deutet vielsagend vor seine Füße. Dort bemerke ich endlich den Grund für das Rauschen. In dem kleinen Graben entlang dem Weg vor meinem Haus fließt ein Sturzbach in Richtung Unterdorf, keinen Meter von meiner Haustür entfernt. Mit der Harke hat Thomas etwas weiter oberhalb einen kleinen Staudamm gebaut, der als Weiche dient und das Wasser direkt in den Graben zu seinem Garten leitet. Ich habe mir noch nie viel Gedanken über diesen kleinen Graben, griechisch „avlaki", gemacht und war immer der Meinung, er diene der Ableitung von Regenwasser. Natürlich dient er zur Regenzeit auch dazu, doch im regenlosen Sommer ist er die offene Zuleitung des Zisternenwassers zu den Gärten, deren Gemüse ohne diese Bewässerung nie gedeihen würde.
Oberhalb des Dorfes steht die große Zisterne, die von einer Quelle aus den Weinbergen gespeist wird. Diese Quelle versiegt auch nicht in den heißen Sommern und

versorgt so das Dorf mit dem lebensnotwendigen Nass.
Das Wasser aus der Zisterne wird zuerst in den Dorfbrunnen am Dorfplatz geleitet, wo es ein Auffangbecken speist. Am Abfluss dieses Beckens befindet sich ein Schieber, der den Weg in das Avlaki freigibt, sobald man ihn betätigt.
Im Laufe von Jahrzehnten, vielleicht sogar schon länger, hat sich im Dorf ein Wasserverteilungssystem entwickelt. Dieses System ist ein Mosaik aus gemeinsamem Bedürfnis und individuellem Anspruch. Nicht, dass sich die Dorfbewohner zusammengesetzt hätten und einen Plan gemacht hätten – nein! – ein jeder Bewohner hat seinem ureigenen griechischen Ego folgend das Avlaki mitgestaltet, indem er es natürlich vor seinem Haus gepflegt hat , aber auch entsprechend seiner egoistischen Natur, bestimmte Weichen zur Verteilung mit eingebaut hat. So entstand ein Netz von Wasserläufen, dessen Struktur dem Schienennetz einer Modelleisenbahn gleicht.
Jetzt fehlt nur noch jemand, der wie in einem Stellwerk die Weichen stellt.
Das ist im allgemeinen der „Proetros" – also der Bürgermeister.
Der bestimmt, wann wer wie lange das Wasser auf seinen Perivoli fließen lassen darf.
In Deutschland würde man so etwas „Wassernutzungsplan" nennen
Also wird morgens der Schieber geöffnet und Thomas verschiebt auf der Straße die Steine so, dass das Avlaki in seinem Garten mündet. Danach ist dann der Niko dran, und anschließend die Frau Mourikis.
Wehe, wenn aber nach Frau Mourikis der

Zwischenspeicher leer ist, was in trockenen Sommern schon mal vorkommt. Dann gibt's Zoff. Spiro läuft zu Niko und macht ihm lauthals eine Szene. Die zwei können sich schon aufgrund ihrer unterschiedlichen Parteibücher nicht riechen. KKE und ND prallen da aufeinander und das Dorf hat was zum lauschen und sich amüsieren.
„ Ti na kanoume!"
Die Wasserversorgung der Haushalte verläuft nach ähnlichem Prinzip. Es gibt einen (!) Wasserhahn gleich neben der Mauer an der Kirche, dessen Zuleitung direkt aus der Hauptzisterne kommt. An diesen Wasserhahn kann man einen Gartenschlauch anstecken. Jeder Haushalt hat seinen eigenen Gartenschlauch und es liegen so etwas 6 Schläuche parallel vor dem Hahn und jeder wartet darauf, angeschlossen zu werden. Das andere Ende des Schlauches mündet jeweils in der Zisterne oder dem Wasserfass der Haushalte. Im Unterdorf gibt es noch mal einen Wasserhahn – dort funktioniert die Wasserverteilung nach dem gleichen Prinzip. Das ganze hat nur ein Problem: Es gibt hier keinen „Plan", wer wann den Schlauch anstecken darf!
Jeder holt sich also sein Brauchwasser, wann er es gerade „braucht".
Da der Grieche an sich schon sehr trotzig sein kann, wenn er der Meinung ist, er brauche jetzt Wasser, dann steckt er schon mal den Schlauch des Nachbarn ab und den seinen an, mit dem Erfolg, dass natürlich die Zisterne des Nachbarn nicht mehr weiter gefüllt wird. Sollte dieser das zufällig merken, kommt es wieder zu den schon oben erwähnten kleinen Wortgemetzeln auf dem Kirchplatz

Als Mitglied der Dorfgemeinschaft habe ich mir das Prinzip eine Weile angeschaut und dann brav auch einen Schlauch gekauft, ihn neben die meiner Nachbarn gelegt und natürlich auch öfters erleben müssen, dass man ihn mir vom Hahn genommen hat, wenn ich gerade mein Wasserfass füllen wollte. Allerdings verzichte ich auf jegliches Geplänkel deshalb, zum einen, weil ich nicht zu cholerischen Wutausbrüchen neige und nur schlecht welche ertragen kann, zum andern, weil ich als Xenos meine Lektion in Sachen „wie vermeide ich Schwierigkeiten als Neubürger in einem griechischen Bergdorf" gelernt habe.
Doch dieser Schlauchanschluss an dem Wasserhahn geht mir nicht aus dem Kopf.
Als praktisch denkender Mensch und in der alten Heimat durch mehrere OBI-gesponserte Heimwerkerkurse gegangen, mache ich mir meine Gedanken.
Die Lösung finde ich am nächsten Nachmittag während der Siesta.
Sie ist so einfach, dass ich mich selbst wundere, warum niemand außer mir darauf gekommen ist.
Ein kurzer Besuch in Aigio bei meinem guten Freund Giorgos vom Eisenladen und ich schreite zur Tat.
Ich installiere in mein Fass einen Wasserstopp, wie man ihn aus Klospülungen kennt. Das ist das Ding mit dem Schwimmer dran, der bei Füllung des Wasserkastens aufschwimmt und dann die Wasserzufuhr mit einem Ventil stoppt.
Dann gehe ich zu dem Wasserhahn am Kirchplatz und baue vor (!) den Wasserhahn ein T-Stück in die Plastikzuleitung ein. An dieses stecke ich meinen

Schlauch an sichere ihn mit zwei Schlauchschellen und – fertig! Mein Fass füllt sich automatisch und die Wasserzufuhr wird von dem Wasserstopp unterbrochen, sobald mein Fass voll ist. Bei Entnahme aus dem Fass läuft sofort wieder Wasser nach bis zum Füllstrich. So praktisch ist das, so einfach. Warum macht das nicht jeder so hier?
Zufrieden mit meinem Werk setze ich mich auf die Veranda und genehmige mir einen Ouzo. Das Wasserproblem scheint für mich ein für alle Mal gelöst zu sein.
Denkste!
Die Rechnung hatte ich ohne den Wirt gemacht, besser gesagt: ohne die Logik der Griechen, oder noch besser gesagt: was sie für Logik hielten!
Am nächsten Morgen werde ich durch eine laute Diskussion auf dem Kirchplatz geweckt.
Um den Wasserhahn stehen sie alle versammelt und diskutieren mit Händen und Füßen: meine Nachbarn!
Die Gesten sind ziemlich eindeutig. Es wird auf das T-Stück gedeutet und dann in Richtung auf mein Fass, Hände werden in die Luft geworfen, deutliches In-den-Nacken-werfen der Köpfe zeigt, was meine Nachbarn von dieser „deutschen" Lösung halten – nämlich gar nichts!
Ich gehe hin und versuche, ihnen mein Patent zu erklären. Ich führe sie zu meinem Fass und zeige ihnen die Abstellautomatik. Das müssen sie doch verstehen!
Ich sehe, wie es in den Köpfen von Thomas, Niko, Spiro und Dimitri arbeitet, sehe aber kein Leuchten der Erkenntnis in ihren Augen.
Sie brabbeln , murmeln , zischen mir unverständliche

Worte, ihre Körpersprache bedeutet nach wie vor Ablehnung. Die Ankunft des fliegenden Stuhlhändlers beendet unsere kleine Runde am Wasserfass. Die Nachbarn eilen zu ihren Häusern, um ihre Frauen davon abzuhalten, dem Roma in dem überfüllten Pickup noch mehr weiße Plastikstühle abzukaufen, die dann nach zwei Wochen mit abgebrochenen Beinen an der Mülle am Flussufer landen.

Aber irgendwie habe ich das Gefühl, dass diese Diskussion ums Wasser noch nicht beendet ist. Wie recht ich habe, beweisen die Ereignisse am Nachmittag. Beim Duschen kommt auf einmal kein Wasser mehr. Nanu?

Mit einem Handtuch um die Hüften schaue ich nach dem Rechten und entdecke meinen abgeschnittenen Schlauch, der unter dem T-Stück liegt, das mit einem Korken verschlossen worden ist.

Was nun kommt, ist eine von vielen noch folgenden Lektionen , die ich als Xenos hier lernen muss. Ein griechisches Wasserverteilungssystem, das schon seit Generationen so und nicht anders gehandhabt worden ist, kann man als neuer deutscher Mitbürger nicht einfach so ändern wollen. Aus Prinzip geht das nicht! Nicht, weil das neue System nicht funktionieren würde, nein, es geht deshalb nicht, weil ICH darauf gekommen bin, nicht meine Nachbarn. Und deshalb können sie nicht zugeben, dass mein Patent ja eigentlich gar nicht so schlecht ist. Ihr Stolz lässt das nicht zu.

Diese Erkenntnis kommt mir aber erst später. Zuerst denke ich, sie hätten es nicht kapiert.

Aber der Niko, mein direkter Nachbar, kommt und sagt mir unter vier Augen, was ich nicht für möglich halte.

„ Die Idee ist gut!" sagt er und deutet auf mein Fass, „aber niemand weiß, wie viel Du von unserem Wasser nimmst am Tag."
„ Warum macht Ihr es nicht alle so?" will ich wissen.
Er grinst verschmitzt.
„ Weil wir unser Geld nicht nur für durchgeschnittene Schläuche ausgeben wollen!"
Es dauert einige Zeit, bis ich diese Lektion in griechischer Denkensweise verstanden habe.
Es bleibt mir nichts anderes übrig, als mich dem alten System wieder anzuschließen. Wenn ich nicht auf dem Trockenen sitzen bleiben will.
Lange denke ich über diesen Versuch der „Missionierung in Sachen Wasser" nach. Ich habe versucht, meinen Nachbarn etwas vor zu machen, von dem ich überzeugt bin, dass es funktioniere. Was ich nicht bedacht habe, ist die Sturheit, ja Starrköpfigkeit meiner lieben Nachbarn. Sie verschließen sich der Wahrheit, weil nichts wahr sein kann, was nicht wahr sein darf.
Es dauert lange, bis ich begreife, was hier dahinter steckt. Es ist in einem griechischen Bergdorf eine Sache der Ehre, Regeln des Zusammenlebens aufrecht zu erhalten, sie weiter zu tragen, so , wie es schon Generationen vorher getan haben. Und man darf als Außenstehender nicht einfach so versuchen, diese Regeln um zu schmeißen. Auch, wenn man in bester Absicht handelt.
Logik – ein griechisches Wort – den Gesetzen folgend.
Griechische Logik – den eigenen Gesetzen folgend.
Zwei Jahre sind vergangen seither. Den Wasserhahn gibt es immer noch. Nur sieht er jetzt etwas

merkwürdig aus. Vor und hinter ihm ist ein Labyrinth von T-Stücken und Abzweigungen angebracht worden. Fast sieht dieses Gebilde aus wie ein modernes Kunstwerk von Tingely. Und an jedem freien Ausgang steckt ein Schlauch. Vier sind es , nein, fünf oder sechs, oder mehr? Es sieht aus wie ein moderner Oktopus. Ein Krake aus Plastikschläuchen. Und jeder seiner Arme hat eine andere Farbe. Der grüne ist von Spiro, der gelbe von Niko und der rote von Dimitri und dort der blaue von den Deutschen, die weiter unten neu gebaut haben. Meiner ist gelb – es gab keine andere Farbe mehr.

Gestern hat der Proetros bekannt gegeben, dass unser Dorf ans öffentliche Wasserleitungsnetz angeschlossen wird.

Endlich ! – Endlich?

Schade eigentlich.....

# Nikos

Nikos und der Autor 2004

Lautes Gezetere weckte mich aus meinem Messimerischlummer.
„Malaka!"
„Gammoto!"
Nanu? Wer **bewarf** sich um diese heilige Ruhestunde am Nachmittag mit solchen Ausdrücken? Ich linste vorsichtig über den Rand meiner Hängematte und warf einen Blick in Richtung Kirchplatz.
Na klar. Die beiden Streithähne des Dorfes standen sich mal wieder und immer noch unversöhnlich gegenüber und waren kurz davor, sich mit ihren Schäferstöcken die Birne zu polieren.

Nikos und Spiros.
Beide stockkonservativ in ihrer politischen Ausrichtung.
Nur ist Spiro Kommunist und Niko Anhänger der Nea Demokratia.
Und so geraten sie sich immer wieder in die Haare bis die Fetzen fliegen. Das geht dann schon einmal soweit, dass sie sich an die Gurgel gehen.
Beide haben die Zeit nach dem zweiten Weltkrieg erlebt, als sich die beiden politischen Flügel Griechenlands einen erbitterten Bürgerkrieg geliefert haben und die eigene Bevölkerung unter dem Fanatismus der Kommunisten und der Faschisten hohen Blutzoll leisten musste.
Welche Rolle beide in diesem dunklen Kapitel der griechischen Geschichte gespielt haben, konnte ich nie rausbekommen. Ich wollte es auch ehrlich gesagt nicht , weil ich der griechischen Sprache zu wenig mächtig war, um hier vorsichtig genug agieren zu können. Ein falsches Wort und ich hätte mich im Fettnäpfchen suhlen können. So etwas vermeidet man lieber. Als Gast. Als deutscher Gast, belastet mit der eigenen Geschichte.
Als solcher komme ich eigentlich mit beiden ganz gut aus. Man redet miteinander, trinkt auch schon einmal einen Ouzo oder zwei zusammen und diskutiert das Wetter, oder die Olivenernte, oder sonstige schwerwiegenden Probleme.
Die beiden können sich heute nicht beruhigen.
Also schwinge ich mich aus meiner Hängematte und bewege mich auffällig aus dem Haus und auf den

Kirchplatz, wo sich die beiden Streithähne immer noch aus vollem Hals Beleidigungen an den Kopf werfen.
„Ti egine?" „Was ist los?" will ich wissen.
Beide nehmen zuerst einmal von mir überhaupt keine Notiz und bestürmen sich weiterhin, bisher gottseidank nur mit Worten.
Ich fasse beiden an die Schulter und stelle mich dazwischen.
„Pedia! Siga, siga!" „Kinder, langsam, langsam!"
Meine plötzlich wahrzunehmende Anwesenheit scheint sie in ihrem Redeschwall etwas zu bremsen. Vielleicht ist es ihnen peinlich , dass ich sie in ihrer Auseinandersetzung erwischt habe. Gleichzeitig beginnen sie nun, sich bei mir lautstark über den anderen zu beschweren. Ich verstehe nichts von ihrer griechischen Schimpfkanonade und versuche die Kontrahenten zu beruhigen.
„Hört auf! Geht nach Hause! Gebt Ruhe! Es ist jetzt genug!"
Doch heute scheint meine eigennützige Friedensvermittlung nichts zu fruchten.
Also klemme ich mir meinen Nachbar, den Niko, unter den Arm und weise mit dem anderen Spiro unmissverständlich den Weg ins Unterdorf, wo er zu Hause ist und Georgia bestimmt schon lange vergeblich mit dem Essen wartet.
Mit sanfter Gewalt bugsiere ich dann Niko in Richtung auf sein Haus, öffne seine Türe, die nie verschlossen ist und tauche mit ihm ins Halbdunkel seiner Wohnstube. Wie ich jetzt erst bemerke, hat mein Freund eine ganz schöne Fahne und auch sein Gang ist ziemlich wackelig. Er brabbelt immer noch unverständliche

Wortfetzen vor sich hin und droht mit der Faust gegen seinen Gegner, der offensichtlich und gottseidank das Feld geräumt zu haben scheint.

„Ela, Niko, geh' ins Bett, es ist Messimeri! Kalo hypno! Schlaf gut!"

So langsam verraucht die Erregung des Alten. Er klopft mir auf die Schulter , flüstert noch was von „Efxaristo" und „kalo pedi" , dann stapft er schweren Schrittes in seine Schlafkammer. Ich ziehe mich zurück , schließe seine Haustür und suche meine Hängematte wieder auf.

Doch an eine Fortsetzung meiner Siesta ist nicht zu denken. Ich bin wach, die so angenehme Schläfrigkeit des Nachmittages stellt sich nicht wieder ein. Also lasse ich meinen Gedanken freien Lauf .

Niko war bei den Partisanen während des zweiten Weltkrieges. Das heißt, er versteckte sich wie viele andere Griechen in den Bergen. Von dort aus wurden in mehr oder weniger organisierten , manchmal auch spontanen Aktionen, die Operationen der deutschen Besatzer gestört. Die Partisanen rekrutierten sich aus den umliegenden Dörfern. Ihre Bewaffnung war spärlich und bestand meistens nur aus den ohnehin vorhandenen, meist überalterten Gewehren der Dorfbewohner. Nur hin und wieder gelang es ihnen, zumeist mit gestohlenem oder organisiertem Sprengstoff, die Wege und Aktionen der SS empfindlicher zu stören. Schnell zuschlagen und genauso schnell wieder verschwinden war ihre Parole. Ihr Vorteil war die Ortskenntnis. Sie kannten die Schleichwege und geheimen Verstecke, von denen die SS keine Ahnung hatte. Die SS empfand ihre Anschläge als ungefähr so lästig , wie die Stiche eines

Hornissenschwarms, aber sie waren, je nachdem wie erfolgreich sie waren, doch immerhin störend.
Habhaft konnten sie den Partisanen nur selten werden, dazu waren diese zu beweglich und verborgen, und wenn sie doch ein paar erwischten, dann schwiegen diese bis zur Erschießung.
Niko hat nie über diese Zeit gesprochen, hat sich nie über diese sicherlich sehr harte Phase seines Lebens geäußert mir gegenüber. Aber ich wusste von seiner Tochter Dina vieles über ihn und was er in dieser Zeit erlebt und auch erlitten hatte.
So einen Kerl wie Niko, und wenn man ihn denn zum Freund hat, und das war ich stolz behaupten zu können, nennt man auf griechisch „Palikari" (Παλικαρη), übersetzt heißt das ungefähr „alter Kumpel". Ich war stolz darauf, jemanden wie ihn als Freund zu haben, als Deutscher, als Xenos, hier im ursprünglichen Griechenland.
Niko hatte seine Rituale. Er fuhr dreimal die Woche mit dem Taxi nach Aigio , nicht ohne mich durch ein lautes „Petros, isse kala?" quer über die Straße meistens aus dem Schlaf zu wecken, setzte sich bei diversen Ouza in die Kneipe am Dexameneiplatz, kaufte sich anschließend ein Kilo Schweinekotelett (Μπρισολα ) und fuhr dann wieder mit dem Taxi zurück nach Chatsi, wo er dann, meistens ziemlich schwankenden Schrittes, wieder in sein Haus einkehrte und sich zum Mittagsschlaf begab.
Legendär waren die Einladungen bei Niko zum Kotelettessen.
Wenn er nämlich noch nicht zu müde war vom Ouzo, dann kam er an die Tür , klopfte vehement an und

verkündete noch bevor man öffnete, dass es heute Abend Kotelett gebe bei ihm, wartete die Antwort nicht ab und trollte sich nach gegenüber.
Wehe, man ignorierte solche „Einladungen"!
Ich musste schon eine gute Ausrede haben , sollte ich den Abend verpassen müssen.
Aber im Allgemeinen , ich hatte ja „Zeit", stand diesen „Rendevus" (so nennen die Griechen das wirklich!) nichts im Wege.
Oft waren dann noch weitere Freunde aus der Nachbarschaft mit dabei und es gab meistens ein feuchtfröhliches , gemeinsames Kotelettwettessen.
Zuwenig gab es nämlich nie.
Wir haben es nie geschafft, die ganzen Fleischberge zu vernichten.
Als Vorspeise gab es immer „Avgolemono", eine Suppe aus Ei und Zitronensaft.
Niko bereitete diese Suppe immer selbst zu in seiner kleinen Küche mit dem elektrischen Zweiplattenherd und man tat gut daran, nicht dabei zuzusehen, denn es konnte einem schon der Appetit vergehen , denn weder war die Küche besonders sauber, noch achtete Niko bei der Zubereitung auf die Einhaltung irgendwelcher Rezeptanweisungen.
Oft gab es dann noch vor den Koteletts kalte Ziege vom Vortag.
Wer schon mal kalte Ziege probiert hat, weiß, dass man danach keinen Hunger mehr hat, auch wenn man den ganzen Tag nichts gegessen hat.
Dies geschah deshalb, weil der Grieche im Allgemeinen, also auch Niko, immer befürchtet, dass das Essen nicht reichen würde. Aus diesem Grunde

werden bei Einladungen immer Berge von Vorspeisen, Nudeln, Salate und Pitas aufgetragen, bevor man zur eigentlichen Hauptspeise gelangt
Diese Essensgewohnheiten erfordern eine gewisse Taktik.
Hat man Lust auf Kotelett, dann meidet man das vorzeitige Einverleiben von Vorspeisen. Jeder Grieche ist darin ziemlich geübt. Hatte ich mich gewundert zu Anfang, dass Griechen immer soviel auf dem Teller liegen lassen, so war mir bald klar, warum. Man wartet auf das Wichtigste: Die Hauptspeise!
Die Zubereitung der Koteletts waren genauso ein Ritual: Sie werden nämlich immer gegrillt, niemals gebraten! Im Sommer auf dem Grill draußen im Hof, im Winter drinnen auf den glühenden Holzresten des Kamins.
Die Fleischqualität in Griechenland ist erstklassig! Kein Vergleich mit irgendeinem Kotelett, welches man in Deutschland bei einem Metzger kaufen kann. Weder in der Quantität, noch in der Qualität kompatibel!
Als Beilage gab es meistens selbst geschnitzte Pommes, pardon, Kartoffelschnitze. Man würde diese Form der Kartoffelspeise beleidigen, wenn man sie schnöde nur „Pommes" nennen würde, sie sind nämlich weitaus mehr als das, sie sind eine kulinarische Delikatesse, und das liegt nicht nur am Selberschnitzen.
Niko thronte am Kopf des Tisches, direkt neben dem Kamin, wo er die Koteletts am Besten im Auge behalten konnte, und prostete den Gästen fortlaufend zu. Hauswein, meistens eine Art Rosé, der, wenn man Glück hatte, trinkbar war, wenn nicht, fürchterliche Kopfschmerzen zu Folge hatte.

Diese Abende endeten meistens mit einem schrecklich vollen Bauch und einem genauso schrecklichen dicken Kopf. Aber es war immer schön! Gelebte und erlebte griechische Gastfreundschaft im Kreise der „Parea", des Freundeskreises.
Man konnte, man brauchte aber nichts zu reden. Man verstand sich auch so.
Für Niko war dies Zusammensein ein ganz wichtiger Teil seines Lebens im Alter.
Die Parea bedeutete ihm alles und Teil dieser Parea zu sein, machte mich stolz.
Als mein alter Freund schließlich 2006 starb, ging ein wichtiges Mitglied des Dorfes für immer von uns. Er kam nach einem leichten Schlaganfall ins Krankenhaus. Am Morgen des Tages, dessen Abend er nicht mehr erleben würde, nahm er mich, der ihn im Krankenhaus besucht hatte, am Arm und zog mich zu sich herunter: „Petros, fere mou mia brizola, parakalo!" „Bring mir ein Kotelett!"
Oft führen mich meine abendlichen Spaziergänge am Friedhof vorbei. Sein Grab liegt gleich gegenüber vom Eingang. Schmucklos, in naturfarbene Bruchsteine gefasst, gekieselte Grabplatte. Wenn es möglich wäre, würde ich meinem Freund ab und zu mal ein Kotelett vorbei bringen, aber darüber würden sich wahrscheinlich nur die wilden Hunde freuen. So tut es auch mal ein kleiner Wildblumenstrauß. Diagonal ‚am anderen Ende des Friedhofs gelegen, ruht übrigens sein bester Feind Spiro, schön weit entfernt, damit sich die Haudegen nicht auch noch auf dem Gottesacker in die Haare kriegen. Giassu, Palikari mou!

# Kalavrita

Was sich im Oktober 1943 in Bergen der Achaea zugetragen hatte, war eines der grauenvollsten Kapitel der Zeit der Besatzung durch die Deutschen in Griechenland. Ein Artikel von Roland Kirbach, erschienen 1990 in der ZEIT unter dem Titel „Kalavrita – Stadt der Witwen", beschreibt das Geschehen:
"Damals, im Oktober 1943, war der deutsche Hauptmann Schober mit Teilen des 5. Jägerregiments in der Nähe von Kalavrita in einen Hinterhalt griechischer Partisanen geraten. Auf dem Peloponnes war der Widerstand gegen die Deutschen, die das Land seit

1941 besetzten, am massivsten. Widerstand hat hier Tradition, und die Klöster spielen dabei eine wichtige Rolle. Nur vier Kilometer von Kalavrita entfernt liegt das Kloster Agia Lavra. Hier nahm am 25. März 1821 der Befreiungskampf gegen die türkische Besatzung seinen Ausgang. Agia Lavra ist heute griechisches Nationalheiligtum, der 25. März Nationalfeiertag.

Nach einem Kampf, der fast den ganzen Tag dauerte, musste sich Schober ergeben, weil seiner Truppe die Munition ausging. Drei von Schobers Männern waren gefallen, 81 Deutsche gingen in Gefangenschaft. Die Partisanen waren bereit, sie wieder freizulassen – aber nicht bedingungslos. Im Herbst 1943 hatte Divisionskommandeur von Le Suire befohlen, für jeden erschossenen deutschen Soldaten fünfzig griechische Gefangene zu töten. Jetzt forderten die Partisanen für jeden freizulassenden Deutschen fünfzig griechische Häftlinge. Von Le Suire lehnte ab und befahl am 25. November 1943 das „Unternehmen Kalavrita".

Bei diesem „Aufklärungs- und Säuberungsunternehmen" hatten die deutschen Truppen den Auftrag, die Partisanen zu vernichten, die Ortschaften der Gegend nach Kommunisten, Waffen und Propagandamaterial zu durchsuchen sowie „Vergeltungsaktionen" für das aufgeriebene Schober-Regiment durchzuführen. Die gefangenen Deutschen befanden sich zu dem Zeitpunkt in dem Dorf Maseika. Als sich eine Kampftruppe Maseika näherte, führten die Partisanen ihre Gefangenen am 7. Dezember zum Chelmos-Berg, erschossen sie dort und warfen sie in die Tiefe. Daraufhin besetzte die Kampftruppe Kalavrita, angeblich ein Partisanen-Zentrum. Erst später stellte sich heraus, dass die Partisanen, denen die Schober-Truppe zum Opfer gefallen war, zum größten Teil aus Maseika stammten.

Am Morgen des 13. Dezember, es war noch nicht hell, weckten die Sturmglocken die Kalavriter. Deutsche Offiziere und Soldaten befahlen, daß sich alle Einwohner in der Schule zu versammeln hätten. Sie sollten eine Decke und Lebensmittel für einen Tag mitbringen. Männer im Alter von zwölf Jahren an wurden zur späteren Hinrichtungsstätte geführt, die Frauen und Kinder in der Schule eingesperrt. Die Bankdirektoren wurden gezwungen, die Tresore zu öffnen und Geld und Wertsachen herauszugeben. Anschließend wurden die Häuser geplündert und angezündet. Mit der Zahnradbahn wurde die Beute zu Tal befördert. Die Männer sahen vom Hügel auf ihre brennende Stadt herab und wussten nicht, ob ihre Frauen und Kinder dort mit verbrannten oder ob sie in Sicherheit waren. Geplant war in der Tat, dass sie im Feuer umkommen. Doch ein junger deutscher Soldat schlug mit seinem Gewehrkolben die Hintertür der Schule ein und rettete so die Frauen und Kinder. Tags darauf wurde er standrechtlich erschossen; in Kalavrita hat man ihm ein Denkmal gesetzt.

Mehrere Stunden blieben die Männer im Ungewissen, was mit ihnen geschehen solle. Vom Befehlshaber der deutschen Einheit, dessen Name nicht genau überliefert ist (angeblich „Tenner" oder „Döhnert"), wird berichtet, er habe versichert, dass nur die Stadt zerstört werde, niemand solle getötet werden, dafür gebe er sein „soldatisches Ehrenwort". Um die Mittagsstunde wurde eine grünes Signallicht abgefeuert, kurz darauf ein rotes

– offenbar das Zeichen zum Beginn der Exekution. Aus den Büschen rund um die Senke tauchten Soldaten mit Maschinengewehren auf und begannen, auf die Männer zu schießen.
Hunderte von Stimmen schrien, immer lauter wurden die Schmerzensschreie. So ist es in der Chronik von Kalavrita zu lesen. Der vierzehnjährige Schüler Ntinos Dimopoulos rannte wie von Sinnen umher und rief: „Ich gehe noch zur Schule, ich will leben." Dann streckte ein Schuss ihn nieder. Um sicherzugehen, dass niemand überlebte, wurde den Opfern anschließend mit der Pistole in den Kopf geschossen. Dennoch entkamen dreizehn Männer dem Massaker.
Die Frauen und Kinder hatten sich, während dies geschah, auf die Felder und Weinberge der Umgebung verteilt. Die Stadt war unzugänglich, ein Flammenmeer. Immer wieder fragten sich die Frauen: „Wo sind unsere Männer?" Am frühen Abend machten sich einzelne von ihnen auf den Weg. An der Hinrichtungsstätte bot sich ihnen ein entsetzlicher Anblick: Berge von Leichen, der Schnee rot gefärbt von Blut. Noch am selben Abend begannen sie, die Männer zu beerdigen. Sie hatten keine Werkzeuge und kratzten mit ihren bloßen Händen die gefrorene Erde auf. Sie schafften es nicht, alle Toten noch an diesem Abend zu bestatten. Bei der jüngsten Gedenkfeier zum Jahrestag des Massakers berichtete eine Frau: „Der Himmel war voll von aasfressenden Vögeln. Wilde Tiere fielen über die Gräber her. Sie scharrten Leichenteile heraus. Die Leichen waren nur wenig mit Erde bedeckt."
Die Witwen von Kalavrita, sagt der Bürgermeister Panos Polkas, seien „die eigentlichen Helden dieses

Opfers". Sie sind alle geblieben und gingen daran, unter unmenschlichen Bedingungen ihre Stadt wieder aufzubauen. Hilfe und Unterstützung, materielle Wiedergutmachung gar, haben sie nicht erhalten, weder vom griechischen Staat noch von der späteren Bundesrepublik Deutschland. Die deutschen Regierungen haben sich stets damit herausgeredet, nach dem Londoner Schuldenabkommen von 1953 blieben Kriegs- und Reparationsschulden generell dem Abschluss eines Friedensvertrages vorbehalten.

Auch eine strafrechtliche Ahndung des Massakers hat es so gut wie nicht gegeben. Gebüßt hat nur ein hier nicht direkt beteiligter Deutscher: Fliegergeneral Hellmuth Felmy, Oberkommandierender in Griechenland, wurde 1948 vom Nürnberger Tribunal zu fünfzehn Jahren Gefängnis verurteilt. 1951 kam er durch eine Weihnachtsamnestie frei, 1965 starb er. Die verantwortlichen Kampfgruppenführer gelten seit 1945 als vermisst. Die Todesschützen selber konnten angeblich nicht ermittelt werden. Ein Ermittlungsverfahren gegen zwei weitere in Kalavrita beteiligte Offiziere wurde von der Staatsanwaltschaft Bochum 1974 eingestellt mit der Begründung: „Dass die ergriffenen Repressalien damals in einem unangemessenen Verhältnis zu den vorausgegangenen Völkerrechtsverletzungen ‚gemeint ist die Erschießung der 81 deutschen Soldaten, standen, haben die Ermittlungen nicht ergeben ... In dieser Situation waren Repressalien notwendig und auch zulässige völkerrechtliche Mittel."

Ob Niko damals mit dabei war, habe ich nie erfahren. Ich habe ihn nie danach gefragt, konnte es nicht und wollte es auch nicht. Ich hatte zu viel Angst, ihn danach zu fragen. Als Deutscher. Als Nachfahr jenes Volkes, dass im Namen des Führers zu solchen Verbrechen im Stande war und welches, nachdem das Dritte Reich in Schutt und Asche lag, nicht in der Lage war, gegenüber den Witwen von Kalavrita zu seiner Schuld zu stehen. Vor dem Mahnmal der Judenvernichtung in Warschau fiel Willy Brand auf die Knie – für die 1,3 Millionen Juden , die in den KZs der Nazis umgekommen waren ,ein Zeichen, das in die Geschichte einging. Vor dem Mahnmal der Toten von Kalavrita kniete noch nie ein deutscher Politiker. Vielleicht waren es ja nicht genug Tote gewesen, oder vielleicht galt deren Erschießung ja nur als ein Akt des Krieges. Als eine Art Kollateralschaden.

Für die Griechen ist das kein Trost und wenn nun in den Zeiten der wirtschaftlichen Not in Griechenland von griechischen Politikern wieder das Wort von den „Reparationszahlungen" in den Mund genommen wird, so sollte man dies nicht zu schnell auf den Haufen der Geschichte schmeißen.

Als ich zum ersten Mal in den 80erjahren mit der Zahnradbahn nach Kalavrita fuhr, dort ankam und durch den kleinen Bahnhof auf die Straße davor trat, überkam mich ein sehr mulmiges Gefühl, das mir beinahe die Kehle zuschnürte.

Nichts deutete darauf hin, dass hier vor 37 Jahren ein Massaker statt gefunden hatte. Vor mir pulsierte griechisches Leben, die Kafenions waren gefüllt, auf den Straßen herrschte reger Verkehr, viele Griechen waren unterwegs bei der Erledigung ihrer täglichen Geschäfte.

Ich wollte das Mahnmal besuchen, welches oberhalb der Stadt an der Straße in die Berge errichtet worden war.

Auf dem Weg dorthin ging ich in ein Kafeníon, direkt an der Hauptstraße.

Es war eines der Ursprünglichen, ausgestattet mit dem herben Charme der Ungemütlichkeit, wie es typische griechische Kafeníons des alten Stils nun mal sind. Hinter dem Tresen stand eine χήρα, eine Witwe ganz in Schwarz , nur die Haare schlohweiß und zu einem Dutt aufgebunden. Sie kochte griechischen Kaffee auf einem einflammigen Gaskocher.

Sie warf mir einen kurzen Blick zu , als ich eintrat – ein Blick, der mich wie Röntgenstrahlen durchfuhr. In ihrem Gesicht war keine Reaktion zu beobachten, kein Innehalten, sie fuhr ruhig fort, ihren Kaffee zu kochen, und doch hatte sie genau gemerkt, wer da gerade in ihre Taverne eingetreten war: Ein Deutscher.

An dieser Stelle muss vermerkt werden, dass Deutsche für Griechen wohl unverwechselbare Merkmale besitzen, welche, ist mir bisher noch nicht so eindeutig klar geworden, aber in der Mehrzahl hat man mir den Deutschen einfach „angesehen".

Ich setzte mich an einen Tisch und fühlte mich etwas unbehaglich.

Wie würde diese Alte , die sicher das Massaker von Kalavrita noch erlebt hat, sich mir , dem Deutschen gegenüber verhalten?

Sie kam an meinen Tisch.

„Γεια σας, τι θέλετε να πιείτε;" (Hallo, was wollen Sie trinken ?)
„Γεια σας, θέλω ένα ελληνικό καφέ, με ζάχαρη, παρακαλώ."(Hallo, ich möchte einen griechischen Kaffe mit Zucker, bitte)
In Ihrem Gesicht war weiterhin keine Gefühlsregung zu beobachten. Es wurde mir bewusst, dass ich wahrscheinlich zu viel in die Situation hinein interpretierte. Ich war sicher nicht der einzige Deutsche, der in ihr Kafenion gekommen war, ich war ein fremder Gast, ein Xενος, wie viele andere auch und wenn sie keine Deutsche hier haben wollte, dann hätte sie das schon längst gesagt. Ich war es, der aufgrund meiner unmittelbaren Beschäftigung mit der Geschichte dieses Ortes, als Deutscher ein schlechtes Gewissen verspürte und mich dementsprechend verhielt.
Sie kam mit dem Kaffe zurück und stellte ihn vor mich hin.
„Από πού είστε;"(Woher kommen Sie?)
Die Frage. Eigentlich hatte ich sie ja erwartet und trotzdem fühlte ich mich jetzt beklommen.
„Από Γερμανία." (Aus Deutschland)
Kein Kommentar zu meiner Antwort. Stattdessen:
„Αχ, μιλάτε ελληνικά;" (Ach, Sie sprechen griechisch?)
„Ναι λίγο."(Ja, ein wenig)
„Αλλά μιλάτε καλά ελληνικά. Γιατί μιλάτε ελληνικά;"(Sie sprechen aber gut griechisch[1] Warum sprechen Sie griechisch?)

---

[1] Das sagen alle Griechen, auch wenn man nur zwei Worte griechisch gesprochen hat.

Auf diese Frage war ich nicht vorbereitet. Warum spreche ich griechisch?
Zum Nachdenken fehlte mir die Zeit, also musste ich auf meine Intuition hören.
„Επειδή μου αρέσει η Ελλάδα και η γλώσσα."(Weil ich Griechenland mag und die Sprache)
Zum ersten Mal zeigte sich eine Veränderung in ihrem Gesicht. Ihre Augenbrauen hoben sich und – ja, sie lächelte!
„Μπράβο!"(Bravo!)
Damit verschwand sie wieder hinter ihrem Tresen und ließ mich ziemlich verwirrt zurück. Sie hatte mich tatsächlich angelächelt, mich, einen Deutschen! Aber nein, nicht schon wieder, nicht schon wieder den Schlamm der Geschichte aufwühlen, DU bist JETZT und HEUTE hier. Also benimm dich entsprechend.
Ich genoss meinen sehr guten Kaffee und entspannte mich. Als ich bezahlen wollte, winkte sie ab und deutete auf einen alten Mann, mindestens ebenso alt wie sie, der alleine in der Ecke an einem Tisch saß und mich nun unter seinem riesigen Zorbasschnauzer anzulächeln schien, zumindest sah ich seine Augen lächeln. Er hob grüßend die Hand. Der Kaffee ginge auf ihn, sagte die Alte. Das sei schon in Ordnung.
Offenbar hatte der Mann unser Gespräch von vorhin mitbekommen und kommentierte es nun auf seine Weise. Ich stand auf und nickte dem Spender freundlich zu. Er winkte zurück.
„Αντίο, να το κάνετε καλά!»(Auf Wiedersehen, machen Sie es gut!)
Diese warme Welle an Freundlichkeit ließ mich beflügelt aus dem Kafenion schlendern. Wie unerwartet

das kam und wie mehr ich mich jetzt darüber freuen konnte! Mit welchen Hemmungen war ich hier rein gegangen und wie befreit kam ich nun heraus! Die beiden Alten hatten mir gezeigt, wie man in und mit der Geschichte leben kann. Auf der einen Seite das Schreckliche nicht vergessen, auch nicht vergessen dürfen, auf der anderen Seite aber das Rad der Geschichte nicht zurückdrehen wollen, auch einzusehen, es nicht zu können, und eine Schuld, die entstanden ist, nicht auf andere zu übertragen.

Ich bewunderte sie dafür, diese Toleranz aufzubringen, nicht nach zu tragen, sondern neu zu hinterfragen. Ein bisschen schämte ich mich in diesem Moment für die vielen Akte der Intoleranz innerhalb unserer Gesellschaft, den Fremdenhass und die gewollte Ausgrenzung und Diskriminierung, und dies ohne die schrecklichen Erfahrungen, die die Bürger Kalavritas machen mussten. Für mich war dies ein Beweis dafür, dass man nur mit einem offenen aufeinander Zugehen, verbunden mit der Bereitschaft zum Verständnis füreinander, imaginäre und fiktive Schranken und Barrieren einreißen und überwinden konnte.

Der Weg zum Mahnmal an das Massaker von Kalavrita führt den Berg hinauf, etwa eine halbe Stunde Fußweg. Mit dem Erlebnis im Kafenion fiel er mir nun leicht.

Oben angekommen hat man einen fantastischen Blick auf die Stadt, auf das dahinter sich erstreckende Hochtal und auf das Gebirge des Erimanthos.

Eine große weiße Säule erinnert an das Geschehene. Auf zwei Mauern sind die Namen aller Erschossenen eingraviert. Darunter befinden sich auch Kinder, wie man an den daneben stehenden Geburtszahlen sehen

kann. Der Eingang zu einem imaginären Massengrab ist dahinter zu sehen, wo zahlreiche brennende Kerzen die Wache halten.
Ich halte innen und vertiefe mich in meine Gedanken, schließe die Augen und versuche mir das Geschehen vor knapp 50 Jahren vorzustellen. Ich höre die lauten, bellenden Kommandos der SS, die Schreie und das Stöhnen der Opfer, die Schüsse...
Tief bewegt wende ich mich um und mache mich an den Abstieg. Mein Zug wartet.
Damals hoffte ich, dass die Welt daraus gelernt hätte.
Heute, nochmals 30 Jahre später, weiß ich leider, dass dies eine trügerische Hoffnung war.
Wenn ich die täglichen Nachrichten höre und sehe die Bilder des Krieges aus Syrien , wo Assad das eigene Volk mit Hilfe des russischen Militärs ermordet, ohne Rücksicht auf Kranke, Alte , Frauen oder Kinder, dann kann ich nicht anders als zu konstatieren, dass es schlecht bestellt ist mit der Menschlichkeit in der Welt.
Gewalt hat es und wird es immer geben, dennoch , solange ein Fünkchen Hoffnung besteht, sollte man den Glauben an das Gute im Menschen nicht aufgeben.
Doch es fällt schwerer denn je.

# Steingeschichten

Seit ich den Roman „Die Erben des Medicus" gelesen habe, sammle ich Herzsteine. Irgendwie habe ich damals einen Blick dafür entwickelt, fast so etwas wie ein Wahrnehmungsraster. Wenn ich am Strand spazieren gehe oder im Flusstal, dann – Bingo – passt auf einmal so ein Kiesel ins Schema und ich habe wieder einen Herzstein mehr in meiner mittlerweile beträchtlichen Sammlung. Herzsteine sind was für die Seele. Nicht nur, dass jeder anders ist, schwerer oder leichter, größer oder kleiner, hell oder dunkel - jeder spricht irgendwie eine andere Seite meines Inneren an. Er spricht zu mir. Na, na, sagt ihr jetzt – sind doch nur Steine, klar, aber dass Steine auch was zu erzählen

haben, weiß ich, seit ich zum ersten Mal einen Spaziergang im Flusstal von Chatsi gemacht habe.
Dort gibt es natürlich nicht nur Steine in Herzform.
Ab und zu treffe ich auch auf solche, denen man ansieht, dass sie irgendwann einmal in einem Haus eingemauert gewesen sein mussten. Die Form gleicht einem Kastenbrot. Meistens sind diese Steine von irgendeinem Mauermeister mal behauen und in diese Form gebracht worden. Sehr selten findet man Steine, die schon von Natur aus diese schöne regelmäßige Quaderstruktur haben. Aber auch die gibt es und ich habe noch selten einen liegen gelassen. So ein Stein beflügelt meine Phantasie. Wo er wohl herkommt? Wie entstand seine Form? Wer hat ihm die Form gegeben? Als ich mein erstes Steinbett gebaut hatte, war ich tagelang auf der Suche nach solchen Steinbroten. In so einem Bett aus Steinen liegt man sehr sicher und geborgen und die Steine um einen herum erzählen jeden Abend eine andere Gutenachtgeschichte..
Der Fluss bei Chatsi ist eine wahre Steinfundgrube!
Sein Steinbett ist gegen Abend oder früh am Morgen eine meiner Lieblingsstellen zum spazieren gehen . Manchmal setze ich mich auch nur mitten rein und lasse meine Blicke schweifen. Die Vielzahl an steinernen Formen um mich herum nehmen meine Aufmerksamkeit gefangen und es kann Stunden dauern, bis mir jeder von den steinernen Gesellen seine Geschichte erzählt hat. Einige wenige von ihnen sind meine Freunde geworden. So wie der Graue mit der Kuhle auf dem Rücken, in die mein Hinterkopf genau rein passt, und der mir so die ideale Stütze geworden ist , um im Bett zu lesen. Oder der rote Faustkeil, den ich,

wäre ich ein Neandertaler, perfekt zu einer kleinen Axt verarbeitet hätte. Dann ist da noch die rosa Schuhsohle .Sie hat die perfekte Form einer Sohle mit der Schuhgröße 67, auch sie passt perfekt in eine Aussparung auf meiner Haustreppe, wo sie nun aufrecht neben der Haustür lehnt und jeden Besucher bittet, seine Schuhe auszuziehen. Das tun das natürlich nur die, die die Sprache der Steine verstehen. Nanu? Ein Satz mit drei „die"!

Viele von den steinernen Gesellen sind im Laufe der Jahre mit mir zu meinem Haus und in meinen Garten gewandert. Meistens per Auto oder aber auch schon mal auf dem Gepäckträger meines Mopeds. Die Kameraden sind ganz schön schwer. So ein steinerner Kerl wiegt im Schnitt seine 12 – 15 Kilo, Herzsteine mal ausgenommen. Hochgerechnet habe ich bestimmt schon an die 6 Tonnen Steine aus dem Fluss geholt im Laufe der Jahre. 6000 Kilogramm! Das Tolle ist, man merkt es dem Flussbett überhaupt nicht an, dass die Steine darin fehlen! Es sieht genauso aus, wie es immer aussieht, nämlich immer anders. Nach jedem Winter hat sich der Fluss wieder einen neuen Weg gebahnt in seinem Riesenbett und die Wassermassen haben die ganze Steinordnung, falls es sie überhaupt geben sollte, wieder durcheinander gebracht. Viele sind verschwunden und mindestens genauso viele sind wieder dazu gekommen. Es ist jedes Jahr wieder ein neues , aufregendes Erlebnis, auf Steinsuche zu gehen. Ich bin jedes mal wieder gespannt auf die Neuen, die dazu gekommen sind. Jene, die sich gerne entdecken lassen wollen, ja geradezu aufreizend  oben drauf liegen  und zu rufen scheinen: „Hallo! Da bin ich! Bin ich nicht schön? Nimm mich mit!" Andere, die im Verborgenen liegen, zugedeckt von anderen , die sich verstecken im Flusssand und ihre Formen vor Blicken verbergen, als ob sie Angst hätten, entdeckt und aus ihrer Wiege hervorgeholt zu werden. Bevor ich dies aber tue, rede ich mit ihnen. Ich fasse sie an, streichle sie, erfühle ihre Form, ihre Oberfläche, ihre Temperatur, ihre Struktur. Ich bilde mir ein zu spüren, ob der Stein will, dass ich ihn mitnehme. Erst dann, wage ich es , ihn in die Arme zu nehmen und ihn zu einem neuen Ort und zu einer neuen Bestimmung mit zu nehmen. Es gab auch schon welche, die sind mir aus der Hand geglitten. Meistens hatte ich Glück, doch ein paar Wenige schafften es , Bekanntschaft mit meinen Zehen zu machen. Sehr zur deren Nachteil. Die Botschaft ist eindeutig: „Ich will nicht! Lass mich hier, lass mich in Ruhe!" Was ich natürlich respektiere.

Na so was, die Ouzoflasche war doch gerade noch ganz voll? Ich muss wohl in Gedanken gewesen sein...

Auf dem Tisch neben der Flasche liegt mein neuer Freund. Dunkel-anthrazitfarben mit einem blütenweißen Gürtel um seine fast makellose Kugelform. Ich bin heute Nachmittag geradezu über ihn gestolpert und hatte ihn vorher nicht gesehen. Natürlich habe ich das als Aufforderung verstanden, ihn mit zu nehmen. Und jetzt liegt er da und will mir weismachen, dass er doch ideal zu den anderen Kugelbrüdern auf der Galerie über dem Haupteingang passen würde. Ich werde ihm nicht widersprechen. Wenn Du unbedingt da hin willst, sollst Du Deinen Willen haben.!

# Ausgrabungen

(Foto: K.Deneke)

Stavros , ein Einwohner Chatsis und schon weit über 90, wurde als Kind verboten, in die über dem Dorf liegenden Höhlen zu gehen, weil man dort „böse Geister" vermutete. Als Erwachsener gab er dieses Verbot an seine Kinder weiter, unter denen aber ein besonders neugieriger Junge war, den diese Mär von den „bösen Geistern" geradezu herausforderte, mal nach dem Rechten zu schauen. Was er entdeckte war , für die hiesigen Verhältnisse, eine Sensation.
Schreckensbleich erschien dieser Knabe nämlich wieder zurück zu Hause und erzählte aufgeregt und stammelnd von Knochen, Schädeln und Gerippen.
Der Vater beruhigte den Sprössling erst einmal und versuchte heraus zu finden, was den Knaben denn so

verstört hatte. Nach und nach kam ans Licht, dass dieser entgegen des Verbotes zum Höhlenforscher geworden war und in eben diesen Überreste von menschlichen Leichen gefunden hatte.
Damit wurde die Angelegenheit offiziell und eine 12 Mann starke polizeiliche Abordnung musste der Sache mit schlotternden Knien nachgehen.
Was ans Tageslicht kam war für die Archäologen ein begeisternder Fund:
Es handelte sich bei den Überresten um Mykenische Gräber aus dem 15. Jh. v. Chr.!
Gefunden wurden 5 zum Teil vollständig erhaltene Skelette, alle an der gleichen Stelle bestattet. Die Toten wurden bei erneuter Bestattung einfach zur Seite geschoben, um Latz zu schaffen. Wie sich später heraus stellte, wurden die Toten in ein Blumenbett gelegt und mit duftendem Öl und weiteren Gaben, wie Gefäße und Schmuck bestattet. Man fand sogar bei einem Toten eine Kette mit Gold und Edelsteinen. Als man weiter grub, fand man in einem noch tiefer liegenden Grab weitere acht Skelette.
Die archäologische Szene wurde nun endgültig aufmerksam und organisierte weitere Nachforschungen. Nach starken Regenfällen wurden auf Wegen antike Gefäße gefunden, dies war ein weiterer Hinweis dafür, dass sich in näherer Umgebung eine antike Stätte befinden könnte.
Es wurden Probebohrungen in das Erdreich durchgeführt und es ließen sich tatsächlich die Schichtfolgen des Erdreiches vom mykenischen Zeitalter bis in später liegende Zeiten darstellen.

2004 schließlich entdeckte man unweit der Grabstätten die Überreste eines mykenischen Tempels
Leider fand man bis heute keine Inschrift.
Pausanias, ein griechischer Gelehrter und Geograph(115-180 n. Chr.) behauptete, dass es eine antike Stadt im Umkreis von 7 km von Aigio gäbe. Diese Stadt hieße Rhypes. Es seit die Mutterstadt von Kropion und wäre Mitglied des archaischen Bundes gewesen..
Schon im 19. Jh. n. Chr. erzählten französische Touristen von Steinen, die an einen Tempelbau erinnerten, aber damals wurde der Sache nicht weiter nach gegangen.
Bei den jetzt stattfindenden Ausgrabungen entdeckte man eine dreistöckige Tempelanlage und man vermutet sogar ein ganzes städtisches Zentrum drum herum aus dem 8 Jh. v. Chr.
Die Tempel liegen in Ost/West Ausrichtung und vermutlich konnte man sich sogar durch Leuchtfeuer mit Delphi verständigen.
Weitere Untersuchungen ergaben, dass ein komplettes Wegenetz auf dem Hügel um den Tempel bestanden haben muss. Wahrscheinlich gibt es sogar eine vergrabene Agora.
Die Tempelreste liegen direkt auf dem Hügel östlich von unserem Dorf. Auf gut zu begehenden Wegen kann man bis dorthin gelangen und die alten Steine in Augenschein nehmen. Weitere Ausgrabungen sind geplant in westlicher Richtung und südlicher Richtung von der Anlage, jedoch muss dazu das betroffene Land erst von den Bauern abgekauft werden gegen deren bisher vorhandenen Widerstand.

Die Forscher stellten fest, dass die Tempelanlagen schon in früheren Zeiten ausgeraubt worden waren. Steinmetze aus dem Epirus kamen und meißelten Steine aus den Tempeln, um sie für den Neubau von Häusern zu verwenden für Menschen
aus Kalavrita, die aus den Bergregionen weggezogen waren.
Diese Steinmetze waren eines Tages plötzlich verschwunden und hinterließen sogar ihre Handwerkzeuge. Man vermutet, dass sie bei ihrer materiellen Ausbeutung der Tempelsteine einen wertvollen antiken Fund machten und daher über Nacht verschwunden waren.
Hier nun eine kurze Beschreibung des Tempels, der bisher freigelegt worden ist.
Es gibt ein Mittelschiff und zwei schmale Seitenschiffe, einen antiken Estrich, der im Moment durch Beton geschützt und gestützt wird.
Auf den Steinen kann man erkennen, dass Säulen vorhanden waren und zwar 13 in Längsrichtung und 6 in Querrichtung. Es gibt keine Rückhalle, d.h., es ist ein gedrungener Tempel, ähnlich wie die Tempel aus der gleichen Epoche, wie sie in den Kykladen, Poros, Korfu und Kalapodi gefunden wurden. Die Steine stammen wahrscheinlich aus der Umgebung von Korinth. Es sind Dachstrukturen und Skulpturen im Tempel gefunden worden, die aber noch klassifiziert werden müssen, bevor die Funde veröffentlicht werden können. Im Osten gibt es einen Altar, auf dem geopfert wurde, westlich davon stehen Götterfiguren mit Blick auf das Opferritual. Im Tempel sind Münzen aus dem 4. Und 5. Jh. v. Chr. gefunden worden.

In den darunter liegenden Tempeln fand man Steinkonstruktionen mit Klammern aus Blei sowie eine Lehmziegelmauer aus dem 8.Jh.v.Chr. Die Lehmziegel dazu wurden in Formen gebrannt, es gibt Vollsteine und Halbsteine. Aufgebaut wurde die Mauer mit gebräuchlicher Mauertechnik, immer helle und dunkle Steine im Wechsel. Warum so abwechselnd ist nicht bekannt, es wird aber beobachtet, dass in der Antike viel mit "Farben" gearbeitet wurde.

Im Inneren der Lehmziegelmauer wurden viele Opferstellen gefunden. Außerhalb überhaupt keine.

Dieser Tempel war in ganz Griechenland der größte geometrische Bau seiner Epoche und maß 16x36 Meter. Gebaut wurde mit Krananlagen und Umlenkrollen, eine Technik, die seit dem 7. Jh. v. Chr. bekannt ist. Die Dachziegel sind aus Marmor und das Dachgerüst des Tempels ist aus Holz.

Eine wichtige Frage bleibt bisher unbeantwortet und zwar die nach der Wasserversorgung, denn bis heute fand man auf dem Hügel keine Quelle. Eine ganze Stadt ohne Wasser ist schwer vorstellbar, aber vielleicht gab es ja eine Quelle, die irgendwann versiegte, oder man bewerkstelligte die Versorgung mit Zisternen, von denen aber aktuell noch keine Reste gefunden wurden.

Der Leiter der archäologischen Ausgrabungen ist ein Deutscher: Nils

Er ist ausgebildeter Architekt mit archäologischer Ausrichtung und arbeitet für das archäologische Institut in Athen.

Jeden Abend sitzt er zusammen mit einer bunten Truppe von meist italienischen Studenten in der

Taverne unseres Dorfes und fachsimpelt mit seinen Mitarbeitern über die Fundstücke des Tages.
Jedes Jahr sind sie von August bis Mitte Oktober vor Ort.
Leider stehen Ihnen nur wenige Geldmittel zur Verfügung. Diese Ausgrabungsstätte besitzt nicht die Popularität wie Olympia oder Delphi. Das Projekt könnte sonst zügiger vorankommen.
Aber die Archäologen sind sehr aufgeschlossen und auch gerne bereit, über ihre Arbeit Auskunft zu geben. Sie gehören mittlerweile zum Dorfbild und sind gern gesehene Gäste nicht nur in der Taverne.

# Thomas

Thomas ist ein Unikum. Dorfbekannt für seine Marotten. Er sieht aus wie ein Hutzelzwerg und ist immer präsent, auch wenn man es am wenigsten erwartet.
Nicht, dass er sich anschleichen würde, keinesfalls, wenn er durch die Straßen des Dorfes trottet, dann unterhält er sich schon mit dem Bewohner des Hauses, welches noch gar nicht in Sichtweise ist. Dazu brüllt er unverständliche griechische Wortfetzen, die zuerst den Namen des Bewohners, und dann so etwas wie: „Kalaisse?" hinterher. Anschließend kommt eine ebenso unverständliche Tirade an Fragen, die das Essen, das Schlafen und das allgemeine Wohlbefinden

beinhalten. Nach einigen Jahren "Thomaserfahrung" weiß ich so ungefähr, was er da so vor sich hin brüllt.
Er erwartet nicht unbedingt eine Antwort. Er brüllt, auch wenn er keine Antwort bekommt. Und wenn man antwortet – meistens ist man mit irgendetwas „wichtigem" beschäftigt – so lässt man sich nicht stören und brüllt zurück. Egal was. Es kann auch nur ein sinnleeres Brüllen sein. Hauptsache laut. Auch wenn man gerade auf dem stillen Örtchen sitzt. Unterhaltungen mit Thomas sind an sich sehr einfach, weil inhaltslos. Das Brüllen ist wohl mehr so eine Art urzeitliche Kontaktaufnahme. Durch das Antwortbrüllen weiß der Brüller, dass er nicht alleine ist, das Bedürfnis der sozialen Kontaktaufnahme ist befriedigt.
Thomas hat mehrere Laster. Zwei davon sind mir sicher bekannt. Rauchen und Ouzo trinken. Wenn er an meinem Haus vorbeikommt und mich sieht und nicht nur hört, dann brauche ich mir für die nächste halbe Stunde nichts weiter vor zu nehmen.
Er öffnet das Hoftor, welches meistens offen ist, kommt ungefragt auf den Balkon und setzt sich . Dabei brabbelt er ständig unverständliches Zeug vor sich hin. Mir hat mal ein Grieche von unserem Dorf gesagt, dass er ihn auch nicht verstehen würde. Thomas nuschelt und spricht noch dazu ein sehr einfaches Bauerngriechisch. Wahrscheinlich kommt dann auch noch ein Dialekt hinzu – jedenfalls kann man nur ansatzweise erraten, von was sein Redeschwall gerade handelt.
Jetzt kommen zwei Gesten, die man auch ohne Worte versteht. Die eine ist das Symbol für „Rauchen", Zeige-

und Mittelfinger werden zum Mund geführt, die andere das Symbol für „Trinken", der Inhalt eines imaginären Glases wird in den Mund gekippt.
Seine Mimik dabei ist fast unbeschreiblich. Seine kleinen, wasserblauen Augen blicken mit blitzendem Schalk unter den Brauen hervor, aus seinem zahnlosen Mund stülpt sich eine riesige Zunge über den vom Nikotin gelb gefärbten Schnauzer bis zur Nasenspitze. Ich habe es selbst mal vor dem Spiegel im Bad versucht, habe es aber nie geschafft , mit meiner Zunge die Nase zu berühren. Ein beeindruckendes Kunststück.
Extra für Thomas habe ich eine Schachtel Marlboro in einer Küchenschublade. Die kommt nun zum Einsatz. Und seinen Ouzo bekommt er auch. Mit Eis, das habe ich mit der Zeit kapiert. Dann, nach dem ersten Zug und Schluck, fängt er an zu schwadronieren. Mit weit ausladenden Gesten seine immer noch unverständlichen Wortfetzen untermalend, versucht er mir sein Weltbild zu erklären. Meist geht es um Räuber und Diebe, die versuchen, ihm sein Holz aus dem Keller zu stehlen, oder es geht um die böse Regierung, die ihm seine Rente kürzt.
Schwer zu sagen, wie alt Thomas ist. Irgendwo zwischen sechzig und siebzig, schätze ich. Er ist klein, nur zirka ein Meter fünfundfünfzig groß, eine schmächtige, leicht bucklige Gestalt, in der aber ungeahnte Kraft schlummert. Stets schmuddelig gekleidet, riecht er auch immer entsprechend nach Schweiß, Rauch und Stall.
Thomas hat drei Ziegen, die er jeden Morgen durchs Dorf zieht an einem langen Seil. Er bringt sie auf ihre Ziegenweide. Abends holt er sie wieder ab. Dabei redet

er laufend auf sie ein und die Tiere scheinen ihm auch meckernd Antwort zu geben. Die vier sind ein malerischer Anblick auf unserer Dorfstraße.
Für seine Ziegen schleppt er auch ständig Futter heran. Irgendwelches Grünzeug, das er in den umliegenden Olivenfeldern aufliest oder abschneidet. Das gesamte Futterbündel lädt er sich dann auf die Schultern und trottet nach Hause. Es sieht wirklich urkomisch aus: Ein wandelnder grüner Haufen mit zwei kurzen Beinen, die darunter hervorschauen.
Eine Leidenschaft von Thomas ist das Holzsammeln. Kein herum liegendes Stückchen ist vor ihm sicher. Er ist sozusagen ständig auf der Suche nach Feuerholz für den Winter. Da der Kamin zu Hause die einzige Wärmequelle für ihn und seine Frau bedeutet, ist es für Thomas also eine tägliche Pflicht, genügend Holz für die kalte Jahreszeit zu sammeln.
Manchmal sieht man ihn mit einem riesigen Reisigbündel auf den Schultern zu seinem Haus trotten. Er trägt dabei eine Last, die man dem kleinen Wichtel gar nicht zu traut. Doch unter dem Bündel lugen dann die blitzenden, blauen Äuglein hervor und er hat immer einen seiner Kommentare parat, die keiner versteht.
Sein ganzer Keller ist bis unters Dach voll mit gesammelten Holzstücken. Damit könnte er jahrelang heizen, doch er muss noch immer mehr hinein stopfen. Auch unter seiner kleinen Veranda biegen sich die Holzvorräte.
Der Ouzo macht den kleinen Mann natürlich noch gesprächiger. Ein Ouzo ist das Limit. Ich habe mal den Fehler gemacht, ihm nach zu schenken. Er verträgt nichts. Zwei Ouzo und er kommt nicht mehr nach

Hause. Seine schon so unverständliche Sprechweise wird noch verwaschener und verworrener , nur seine Augen blitzen nach wie vor aus dem faltigen, unrasierten Gesicht.

Thomas hat kein leichtes Schicksal. Er hat zwei Söhne und eine Tochter. Christos, der Ältere, hält sich mit Gelegenheitsjobs über Wasser, Costas , der Jüngere, hatte schwere Depressionen und erschoss sich mit zwanzig Jahren. Chrissoula, die „kleine Goldene", ist eine nette, aufgeweckte kleine Griechin, deren einziger Kummer war, dass sie keinen Mann bekam. Welch ein Glück für die Familie war daher der Zufall, dass sich ein sechzigjähriger Rentner doch noch für sie erweichte und sie sogar heiratete! Ein Jahr später wurde sie schwanger und gebar den jetzigen ganzen Stolz der Familie, einen kleinen Jungen, „to moro".

Foto, Thomas' Frau, leidet an schwerer Hüft- und Kniearthrose und kann sich kaum noch bewegen, nicht einmal mehr mit dem Rollator. Die Versorgung der beiden Alten obliegt nun ganz dem Ältesten Christos, der diese Aufgabe auch mit Hingabe erledigt. Chrissoulas Wohnsitz änderte sich nach der Heirat in einen Ort, der 40 Kilometer entfernt ist, und natürlich hat sie mit dem eigenen Haushalt und der Erziehung ihres Sohnes beide Hände voll zu tun.

Die Rufe von Thomas werden in den letzten Jahren seltener. Seine Ziegen hat er verkauft, Christos hat in sein Haus eine Ölheizung eingebaut, im Keller lagert kaum mehr Holz, nur noch das Nötigste.

Irgendwie hat man das Gefühl, dass Thomas zu schrumpfen scheint. Seine eh schon kleine Gestalt wird noch hutzeliger, sein Buckel noch krummer. Lange schon trägt er nicht mehr die riesigen Reisigbündel in sein Haus, Futter braucht er auch nicht mehr zu holen. Doch seinen Ouzo und seine Zigarette holt er immer noch ab. Das Ritual der Gastfreundschaft, welches in Griechenland überall üblich ist, es wird weiterhin gerne zelebriert. Man sitzt dann da mit ihm und seinem Glas und er Fluppe und hört sich sein Geplapper an und es ist völlig unwichtig, was er sagt. Ab und zu wirft man mal ein „Ne" oder ein „Entaxi" ein, ob es passt ist auch nicht von Belang. Thomas Art zu kommunizieren ist eine Mischung aus Bauchgefühl und Herzenswärme und dabei kommt es weniger auf das gesprochene Wort, sondern mehr auf die Bereitschaft für das Verständnis füreinander an. Thomas und ich sind Freunde. Wenn er aufsteht nach seinem Besuch – endlich aufsteht – ist unsere Freundschaft wieder neu besiegelt. Er umarmt mich, drückt mir ein paar unsäglich schmeckende Küsse auf die Backe, haut mir auf die Schulter und trollt sich. Ich habe keine Ahnung, was er mit da wieder erzählt hat, wische mir verstohlen über die Backe und leere den Aschenbecher. Ich bin froh, dass es ihn gibt.

# Kurzschluss

Aus Sicht eines Spatzen sind Strommasten , ins besondere die mit den tollen Kästen dran, ideale Orte, um Nester zu bauen. Man ist hoch droben, geschützt von Katzen oder anderen Raubtieren und man hat schon ein Dach über dem Kopf, wenn man sich in diesen kleinen Kästen einnistet. Eigentlich braucht es nur noch etwas Moos und Heu und fertig ist das Spatzenfamilienidyll. Solche Strommasten sind wahre Hochhäuser für Spatzen. Auf jedem Stockwerk wohnen mindestens 4 oder sogar mehr Familien. Das ist ein reges Kommen und Gehen, Zwitschern, Flattern und manchmal gibt es auch Streit zwischen den Nachbarn. Ganz so wie im normalen Leben.

Griechenland hat bisher seine Stromleitungen alle über der Erde verlegt. Nur, wenn man aus einem Land kommt, in dem die meisten Stromleitungen unterirdisch verlaufen, fällt einem auf, wie viel Drähte hier eigentlich an und über den Straßen verlaufen . Eigentlich hat man sich bald an diesen Anblick gewöhnt, außer man steht gerade an einem besonders schönen Aussichtspunkt und möchte ein Foto schießen, dann kann man sicher sein, dass quer durchs Panorama ein Stromkabel verläuft. Da muss wohl wieder Photoshop ran hinterher.

So ein Strommast mit Kästen steht auch bei uns mitten im Dorf.

Und natürlich haben sich auch auf diesem Mast Dutzende von Spatzenfamilien eingenistet.

Das Wetter ist in Griechenland zwischen Mai und Oktober meistens wunderbar. Aber ab und zu gibt es auch mal ein Gewitter. Und die können schon mal richtig kräftig ausfallen, so mit viel Blitz und Donner und den ganzen Kapriolen.

So denn auch geschehen irgendwann Mitte Mai. Die Spatzen waren gerade so richtig am Brüten und auch schon am Füttern, als es mitten am Tag Nacht wurde.

Den physikalischen Gesetzen folgend, sucht sich die elektrische Ladung, die in so einem Gewitter steckt,

meistens den kürzesten Weg zur Entladung in Form eines Blitzes, der dann oft in ein exponiertes Gebäude, einen Baum, oder –ja- in einen Strommast einschlägt. Dabei werden dann schon mal Spannungen von 500 000 Volt frei gesetzt, also ganz schön viel Energie.
Diesmal traf es das Spatzenhochhaus. Ein Volltreffer!
Der Knall war ohrenbetäubend, die Fensterläden wackelten, aber sonst war an den menschlichen Behausungen nichts passiert, außer dass überall der Strom ausgefallen war.
Anders beim Spatzenhochhaus.
Der Blitz war voll in den Mast eingeschlagen. Die Holzpfähle standen in Flammen, aus den Kästen, sofern noch vorhanden, drang schwarzer Rauch.
Für die Spatzen eine Apokalypse. Es gab keine Zeugen, die sagen konnten, ob einer der kleinen gefiederten Wesen noch davongekommen war, so musste man von einem Totalverlust der Spatzenpopulation ausgehen, also grob geschätzt so rund hundert waren dem Blitz zum Opfer gefallen und nun nur noch Asche, Kohle oder Grillspatz.
Nistmaterial eignet sich gut als Brennmaterial, also standen die Kästen und die Holzpfähle alsbald in hellen Flammen.
Die Feuerwehr aus Aigio rückte aus mit 12 Mann Besatzung um den Hochhausbrand zu löschen. Das war gar nicht so einfach, da ja eigentlich auf den Drähten Hochspannung stand und Wasser bekanntlich den Strom leitet. Also musste zuerst an der Trafostation die Sicherung kontrolliert werden, aber wie sich herausstellte, war die sowieso schon rausgesprungen.

Der Brand war bald gelöscht und die weiteren Aufräumarbeiten überließen die Feuerwehrleute der staatlichen Stromgesellschaft DEH.
Die mussten die gesamte Anlage , bzw. deren Reste, erst mal abbauen und komplett neu aufbauen und neue Kästen installieren. Das dauerte , aber nach einer Woche konnte unser Dorf wieder an das Stromnetz angeschlossen werden.
Die neue Anlage wurde im darauffolgenden Jahr erneut erfolgreich von Spatzen eingenommen und dient seither wieder als Massenunterkunft für Sperlinge. Offensichtlich hatte sich das Unglück in Spatzenkreisen nicht herumgesprochen , oder vielleicht können sich Spatzenhirne nicht genügend erinnern oder verfügen nur über geringe Lernfähigkeit. Aber es gab wohl einige Ausnahmen....

An den Häusern in Griechenland hängt irgendwo so ein kleiner Kasten, in dem sich viele Rädchen drehen und messen, wie viel Strom in diesem Haus gerade und überhaupt verbraucht wird. Von außen kann man den Stromverbrauch durch ein kleines Fenster kontrollieren, was auch regelmäßig von einem Mitarbeiter der DEH gemacht wird, der die einzelnen Zähler abklappert und die Zählerstände notiert. Die Übermittlung des Zählerstandes wird also nicht vom Hausbesitzer vorgenommen, wie in Deutschland beispielsweise üblich, sondern offiziell extern durch die staatliche Stromgesellschaft. Deshalb muss dieser kleine Kasten auch so angebracht sein, dass er von außen erreichbar ist und der Ableser nicht von Türen oder Toren an seiner verantwortungsvollen Tätigkeit gehindert wird.

Auch an unserem Haus hing ein solcher Kasten, der sich nur in der Farbgebung von den anderen grauen unterschied, weil ich ihn grün angemalt hatte. Und er hatte keine Glasscheibe an dem Guckfenster, die war wohl irgendwann einmal kaputt gegangen.
Normalerweise schenkt man diesem Kasten keine Beachtung. Er hängt halt da, tut seinen Dienst und damit war gut.
In diesem Frühjahr zog er aber ungewollt die volle Aufmerksamkeit auf sich.
Wir hatten fest gestellt, dass in unserem Haus ab und zu einmal das Licht anfing zu flackern, oder schwächer wurde, dann wieder stärker, allerdings ohne ganz aus zu gehen. Auch beim Einschalten von starken Verbrauchern, wie Föhn oder Staubsauger kam es vor, dass die Hauptsicherung rausprang, was früher nicht der Fall war. Diese Sicherung ist ein roter Stift, der seitlich an dem Stromzähler herausragt und bei Überlast rausspringt. Man muss ihn dann eigentlich nur wieder reindrücken, natürlich nicht ohne vorher den Verbraucher abgestellt zu haben, und das System läuft wieder einwandfrei.
Diese Stromschwankungen häuften sich und wurden allmählich so auffällig, dass wir beschlossen, die DEH zu verständigen. Sie sollte mal nach dem Rechten sehen.
Wie hatten auch bemerkt, dass aus dem Zählerkasten knisternde Geräusche kamen und es irgendwie angekokelt oder verbrannt roch. War da irgend etwas nicht in Ordnung?
An dem Stromkasten selbst durfte man nicht selber dran herumbasteln. Zwar war der Kasten zu öffnen, diese

Möglichkeit aber wurde verhindert durch eine angebrachte Plombe, die man tunlichst nicht verletzten sollte, wenn man keine Probleme mit der DEH haben wollte.

Eines Tages rollte tatsächlich ein Wagen mit DEH-Aufschrift auf den Kirchplatz und parkte vor unserem Haus.

Ausstiegen zwei Männer im Toni, die sich auch ohne Umschweife am Stromkasten zu schaffen machten, die Plombe entfernten (Autorität!), die Schrauben lösten und den Deckel abnahmen....

Was sich dann abspielte, lässt sich mit Worten kaum beschreiben!

Aus dem Hohlraum im unteren Teil des Kasten ergoss sich eine wuselnde, grauweiße Masse über die Hände der Handwerker, die unter lautem Aufschrei den Deckel fallen ließen, Hände und Arme wie in einer Art Veitstanz schüttelten, um diese bewegende Masse an weißen Leibern los zu werden.

Es handelte sich nämlich hierbei um hunderte von weißen Maden, die, aus ihrem Käfig entlassen, nun nach überall herunterfielen und sich wie eine Woge über alles in der Nähe ergossen.

Die Arbeiter , noch immer zappelnd und mit den Armen herumfuchtelnd, suchten ohne Kommentar das Weite, setzten sich ins Auto und brausten davon, als hätten die den Leibhaftigen selbst gesehen.

Was war geschehen?

Nun, ein Paar Spatzen hatten wohl aus dem Gewitter des letzten Jahres „gelernt" und wollten sich eine andere Bleibe zur Aufzucht ihrer Jungen suchen.

Das Kastenschema als Herberge blieb ihnen aber erhalten und so bot sich natürlich so ein grüner Kasten als Nestgrundlage mehr als an. Dass es sich dabei wieder um einen Stromkasten handelte, also etwas, in dem wieder diese unsichtbare Energie ihr Unwesen trieb, war den Vögeln wohl entgangen.

Da kein Glasfenster den Zugang ins Innere versperrte und dieser auch gerade groß genug war für einen Spatz, machte die Sache noch geeigneter.

Also Nest gebaut, Eier gelegt und ans Brutgeschäft gegangen. Das Nest lag genau auf der Hauptsicherung. So ein Brutgeschäft ist mitunter eine feuchte Angelegenheit, und diese Feuchtigkeit war es, die in die Hauptsicherung darunter kroch.

Irgendwann war es dann mal soweit, dass es einen kräftigen Kurzschluss gab und das Ergebnis war dasselbe , wie das eines Blitzschlages: Gebratene, kleine Vögel.

Totes , organisches Material, wenn es denn nicht verzehrt wird, fängt an zu verwesen und das lockt nach nicht allzu langer Zeit Aasfliegen an, die ihre Eier in die Leichen legen, also auch eine Art „Brutgeschäft".

Nach einer Weile schlüpfen dann die Maden aus den Eiern, die sich dann von den organischen Resten ernähren, verpuppen und schließlich als Fliege wieder schlüpfen.

Die Feuchtigkeit, die unsere Stromprobleme bewirkte, blieb in dem Kasten erhalten, und sehr wahrscheinlich sind auch etliche Maden den Kriechströmen der Hauptsicherung zum Opfer gefallen, bevor die Angelegenheit ans Tageslicht kam.

Habe ich schon erwähnt, dass sich mit dem Öffnen des Kastens ein ungeheuer unangenehmer Verwesungsgeruch breit machte?

Nach der überstürzten Flucht der Fachleute blieb uns nichts anderes übrig, als Schadensbegrenzung zu begehen. Wir fegten die Maden zusammen und so gut es ging auch aus dem Kasten und entsorgten sie in die Natur. An dem Stromzähler selbst, durften und konnten wir ja nichts verändern.

Ich telefonierte sofort mit der DEH und versuchte die Lage zu schildern. Offensichtlich war der grausige Fund schon zu deren Ohren gedrungen, denn sie versprachen, etwas zu unternehmen.

Kurze Zeit darauf kamen erneut zwei Autos auf den Kirchplatz gefahren. Das eine wieder von der DEH mit den beiden immer noch kreidebleichen Mitarbeitern, im anderen saß so etwas wie ein Kammerjäger. Das griechische Wort dafür weiß ich heute noch nicht.

Dieser war in eine Art Weltraumanzug gehüllt und vermummt bis obenhin. Kein Stück freie Haut war zu sehen. Wortlos machte er sich mit diversen Instrumenten daran, die verbliebenen Maden aus dem Kasten zu klauben. Mit einem Pinselchen säuberte er anschließend die Anschlüsse der Sicherung und zu guter Letzt holte er mit der chemischen Keule aus und unterzog den ganzen Kasten einer Desinfektion, indem er ihn satt mit einer Spritzanlage wie sie bei Weinreben eingesetzt wird, einsprühte.

Nach getaner Arbeit fuhr er wieder davon, genauso wortlos, wie er gekommen war.

Die DEH-Mitarbeiter mussten nun wohl oder übel wieder ran.

Mit der einen Hand ein Taschentuch vors Gesicht pressend, mit der anderen eine neue Hauptsicherung einsetzend, taten sie ihr mit viel Widerwillen ihre Pflicht, bis der Kasten wieder geschlossen und verplombt werden konnte.

Stift reingedrückt und , aaah, alle Stromverbraucher summten wieder fröhlich vor sich hin. Eine Unterschrift noch und dann waren die Beiden erlöst. Bestimmt waren selten Elektriker erleichterter, ihren Arbeitsplatz verlassen zu dürfen.

Und die Konsequenz?

Aus Gründen des Vogelschutzes und aus hygienischen Gründen war meine erste Maßnahme die, vor den Zähler eine Glasscheibe anzubringen, um weiteren lebensmüden aber brutfreudigen Vögeln den Zutritt zu verwehren.

Wir werden aber nie die entsetzten Gesichter der beiden Arbeiter vergessen beim Anblick dieser Madenwelle, die sich auf sie ergoss! Noch lange danach mussten wir immer wieder lachen, als wir an diese Monsterschau dachten.

Die Spatzen haben anscheinend auch etwas gelernt daraus. Jedenfalls habe ich nie wieder Spatzen in einem Stromkasten brüten sehen.

# Fastenzeit

Stavros und Panagiota sind ein altes Ehepaar aus unserem Dorf. Sie gehören zu den letzten der ortsansässigen Griechen. Die meisten sind schon weggezogen nach Aigio zu den Kindern, oder nach Athen, der Versorgung wegen.
Sie leben in einem kleinen alten Steinhaus, dem man seine 100 Jahre schon ansieht. Mal hier mal dort bröckelt der Putz ein wenig, die Fensterläden müssten auch mal wieder gestrichen werden, der Kamin hat ein paar Risse bekommen.
Aber es ist alles piccobello sauber und die Blumen im Vorgarten, von Panagiota liebevoll betreut und gepflegt, sind eine Augenweide.

Oft sitzen sie zusammen auf ihrer kleinen Veranda vor dem Haus und wenn man vorbei kommt, dann gibt es immer ein kleines Schwätzchen über das Übliche.

Die Beiden sind streng gläubige orthodoxe Christen. Sonntags gehen sie immer gemeinsam in den Gottesdienst, die Regeln der orthodoxen Kirche sind ihnen heilig.

Für die Orthodoxie ist Ostern das höchste kirchliche Fest des Jahres. Wie es der Glaube verlangt, so muss vor Ostern 40 Tage gefastet werden. Diese Fastenzeit verläuft nach strengen Regeln, welche genau fest legen, wann was gegessen werden darf. So soll unter der Woche das sogenannte „strenge Fasten" eingehalten werden, d.h. es darf nur vegane Kost zu sich genommen werden, darüberhinaus keine tierischen Produkte, kein Öl und kein Alkohol konsumiert werden.

An den Wochenenden werden diese Regeln etwas gelockert, dies ist das sogenannte „leichte Fasten". Zusätzlich darf man dann Wein, Öl und Weichtiere zu sich nehmen.

Je näher Ostern rückt, desto strenger wird gefastet und findet seinen Höhepunkt in der Karwoche, wo so gut wie nichts mehr gegessen wird. Man nennt diese Phase auch die „Xerophagia". Erst in der Nacht zum Ostersonntag wird mit der „Magiritsa", der Ostersuppe, die aus gekochten Eingeweiden besteht, das Fasten gebrochen und gipfelt dann am Sonntagmittag im allseits üblichen Lämmergrillen, wobei viele keine Lämmer sind, sondern Ziegen, die da an den Spießen hängen. Dieses rituelle Fastenbrechen ist dann das Ende einer sechswöchigen Kasteiung, welche individuell

nach den eigenen Regeln und in Absprache mit Gott durchgeführt wird.
Stavros und seine Frau legen diese Regeln sehr streng aus. Offensichtlich hat ihnen Gott einen besonders enthaltsamen Speiseplan übermittelt. Man sieht sie nur noch selten auf der Straße, körperliche Arbeiten werden vermieden. Stavros ist schon so ein sehr hagerer Typ, während der Fastenzeit wird er noch dürrer und hohlwangiger. Seine Frau hingegen ist schon um die Hüften herum pummeliger, aber nicht dick, ist eher klein und hat ein zierliches, für ihr Alter immer noch hübsches Gesicht. Aber auch sie scheint durch das Fasten etwas blasser um die Nase und die Augen zu werden.
Stavros hat einen uralten Pickup von Datsun. Er ist, oder besser, war einmal hellblau und überall an seiner Karosserie gibt es kleine Beulen und Lackschäden, eine Patina, die dem kleinen alten Auto aber gut steht. In der winzigen Fahrerkabine, gerade mal groß genug für zwei Personen, hängt ein großes, glitzerndes Kreuz und ein Komboloi[2] am Rückspiegel. Die Mutter Gottes ziert in einem silbernen Rähmchen das Armaturenbrett. Manchmal hat er seine Macken und bläst blauen Rauch aus dem Auspuff, oder er hat auch schon mal keine Lust zu starten, sein Scheinwerfer flackern, das linke Bremslicht geht nicht – typische Alterserscheinungen halt bei einem Gefährt, das schon mehr als 40 Jahre auf

---

[2] Als **Komboloi** oder **Koboloi** (griechisch *Κομπολόι* [kɔ(m)bɔˈlɔi], Mehrzahl Κομπολόγια *Ko(m)bologia* zu κόμπος *kombos* „Knoten") bezeichnet man in Griechenland kleine Kettchen aus Perlen, die auf Leder- oder Synthetikfäden aufgereiht sind. Je nach Ausführung bestehen die Perlen aus Holz, Kunststoff, Metall, Glas oder Bernstein, aber auch aus Mineralien wie etwa Türkis.

dem Buckel hat. Stavros hat ihn schon seit einer Ewigkeit und weiß schon nicht mehr genau, wann und von wem er ihn gekauft hat. Technisch wurde an dem Auto nicht viel verändert. Ab und zu mal Öl nachgefüllt, oder ein Reifen ersetzt, aber ansonsten läuft er ja wenn er will und tut seine Dienste. Mit diesem Pickup fahren die Beiden auch immer zu Kirche sonntags und man sieht den Datsun mit seiner typischen hellblauen Farbe herausleuchten aus dem Pulk der anderen Autos der Kirchenbesucher.

Endlich war das Osterfest in greifbare Nähe gerückt. Wie immer steigerten sich die Länge und Eindringlichkeit der Liturgien in der Kirche, je näher man der Auferstehung kam. Manchmal schien sich fast eine religiöse Hysterie auszubreiten unter den Betenden. Der eintönige Singsang wurde unterstützt durch rhythmisches Vor- und Rückbewegen des Oberkörpers. Vorsänger und Gläubige sangen wie in Trance. Man schien das Ende des Wartens auf Christus Wiedergeburt förmlich herbeibeten zu wollen.

Karfreitag. Der Tag, an dem Christus ans Kreuz geschlagen worden war, sein Sarkophag wird durch die Straßen getragen, in den Kirchen wird in endlosen Gesängen um seinen Tod getrauert.

Natürlich war auch das uns bekannte griechisches Paar in der Kirche. Und ebenso selbstverständlich waren sie in ihrem Datsun gekommen, der ausgerechnet heute aber besondere Macken zu haben schien. Kaum, dass er zum Laufen erweckt werden konnte, das Licht flackerte auch mehr als sonst, vielleicht war ja auch ihm die jahrelange technische Enthaltsamkeit irgendwie nicht bekommen.

Die Kirche war überfüllt. Dicht an dicht standen die Gläubigen in den Gängen zwischen den Sitzreihen, in denen es keine freien Plätze mehr gab.

Aufgrund der technischen Probleme waren Stavros und Panagiota zu spät zum Gottesdienst gekommen und so gab es für sie nur noch Stehplätze.

Irgendwie schafften sie es aber noch bis in die Mitte des Kirchenschiffes, wo sie dann andächtig dem Popen und dem Vorsänger und ihren Wechselgesängen zu lauschen begannen.

Es war ungefähr eine Stunde vergangen, als Stavros hinter sich ein Seufzen hörte und etwas an seinem Rücken entlang nach unten glitt.

Zuerst war er etwas irritiert, dann drehte er sich um und wurde gewahr, dass dort wo seine Frau vorher stand, eine Lücke war. Panagiota war in sich zusammengesunken und lag nun auf dem Boden.

Aufregung bei den Umgebenden. Zahlreiche Hände zerrten und zogen an der Liegenden und versuchten, sie zum Aufstehen zu bewegen. Vergeblich. Panagiota war in eine tiefe Ohnmacht gesunken.

Stavros wurde von tiefer Sorge um seine Frau erfüllt. Mit einigen Helfern gelang es ihm, sie durch eine sich öffnende Gasse zwischen den Betenden aus der Kirche hinaus zu tragen.

Immer wieder tätschelte er ihre Wange und rief ihren Namen. Umsonst. Panagiota war nicht mehr ansprechbar.

„Iatros!" – „Arzt!" wurde gerufen und alsbald drängte sich ein schmächtiges Männchen durch die Menge bis zum Ort des Geschehens. Er fühlte ihren Puls, schaute

ihr in die Augen und konstatierte, dass man die Arme sofort in ein Krankenhaus bringen sollte.
Daraufhin wurde die Ohnmächtige zum Datsun getragen. Dort angekommen, versuchten die Helfer Panagiota auf den Beifahrersitz zu bugsieren. Dies gelang aber nicht, weil sie immer wieder in sich zusammensank und nicht in sitzender Position verblieb. Legen konnte man sie nicht, dazu war die Kabine zu klein und – nein, auf die Pritsche zu legen, das traute man sich nun doch nicht.
Oder doch?
Es blieb keine andere Möglichkeit. Jemand opferte noch seinen Mantel, damit es Panagiota etwas weicher hatte und dann wurde die Schlafende hinten auf die Ladefläche gelegt, wo sonst nur gelegentlich Ziegen angebunden und transportiert wurden.
Stavros versuchte, den Datsun zu starten.
Der Anlasser machte keinen Mucks. Nur ein dumpfes Klicken war zu hören.
Die Umstehenden bemerkten die missliche Lage und legten Hand an.
Laute Anweisungen an Stavros am Steuer. Gang raus. Handbremse los.
Stavros reagierte ohne Nachdenken und tat wie ihm geheißen.
12 Hände schoben den Pickup auf die Straße. Dort ging es von der Kirche gleich bergab, so dass weiteres Anschieben überflüssig wurde. Der Datsun nahm langsam Fahrt auf.
Bevor er aber schneller, zu schnell geworden war, sprang ein beherzter Grieche noch von hinten mit einem Riesensatz auf die Pritsche zu Panagiota. Wie sich

später herausstellen sollte, hatte diese spontane Tat lebensrettende Bedeutung!
Der Datsun wurde schneller, Stavros legte den zweiten Gang ein, kuppelte aus und mit einem Rucken und Bocken wie bei einem störrischen Esel erwachte der Motor zum Leben. Der zusätzliche Passagier auf der Pritsche konnte sich gerade noch an den Ziegenseilen festhalten, sonst hätte ihn der Datsun abgeworfen. Panagiota aber schlief selig weiter und träumte von der Auferstehung.
Spuckend und stotternd nahm der Motor seine Arbeit auf. Gottseidank ging es bergab.
An dieser Stelle ist eine kleine Anmerkung zum technischen Zustand des Datsun notwendig. Der Motor wurde schon seit ewigen Zeiten nicht mehr gewartet. Dass er überhaupt noch lief, grenzte schon an ein technisches Wunder. Die Trommelbremsen hatten so gut wie keine Beläge mehr, die Belagträger schliffen quasi auf der Trommel, und das Flackern der Scheinwerfer rührte daher, dass die Lichtmaschine kaputt war und die Batterie nicht mehr lud.
Es war 22 Uhr abends. Es war dunkel. Von der Kirche führte ein Weg in engen Kurven zur Hauptstraße hinunter. Stavros hatte es verständlicherweise eilig ins Krankenhaus zu kommen, also fuhr er in einem für seine Verhältnisse halsbrecherischem Tempo den Weg hinunter.
Stavros machte das Licht an, aber er hätte es genauso gut aus lassen können, denn die Batterie war so leer, dass nur noch ein mattes Glühen das Innere der Scheinwerfer erhellte.

Er kannte zwar den Weg wie seine Hosentasche, dennoch wusste er nicht genau, wo er eigentlich lang fuhr, denn vom Weg war in der Stockdunkelheit nichts zu erkennen. So war es kein Wunder , dass er schon in der zweiten Kurve die Kontrolle verlor und hangabwärts von der Straße abkam. Es war Glück im Unglück, dass er sich dabei nicht überschlug, sondern nur ziemlich schräg halb im Graben, halb im Olivenhain zum Stehen kam. Sein blinder Passagier, er hieß übrigens witziger weise Panagiotis, also die männliche Form von Panagiota, konnte sich bei diesem Manöver nicht mehr auf der Pritsche halten und flog in hohem Bogen in die Dunkelheit. Auch hier hatte ein Schutzengel seine Hand im Spiel, denn er landete nicht an einem Olivenbaum, sondern relativ weich auf einem Wachholderstrauch. Außer einigen Kratzern war ihm nichts passiert. Er berappelte sich, sah sich um, sah aber nur die Schwärze der Nacht. Nur am laufenden Motor des Datsun orientierte er sich und kroch auf allen Vieren in Richtung des Motorengeräusches. Dort angekommen fand er zum einen eine immer noch ohnmächtige Panagiota eingehüllt im Mantel auf der Pritsche, zum andern einen völlig verzweifelten Stavros hinter dem Lenkrad, der laut betend die Heilige Mutter Gottes um Beistand anflehte.

Panagiotis war ein Mann mittleren Alters und als Beamter im mittleren Dienst bei der staatlichen Telefongesellschaft OTE tätig. Die technische Entwicklung der letzten Jahre in der Handyindustrie waren an ihm nicht vorbei gegangen, insofern konnte Panagiotis ein Handy sein eigen nennen, und dieses war, dank der Unterstützung der Heiligen Mutter Gottes, sogar geladen!

—

Der junge, diensthabende Arzt im Krankenhaus von Aigio wollte es sich gerade ein wenig gemütlich machen vor dem Fernseher in seinem Dienstzimmer und sich einen Bergtee gönnen. Normalweise war am Karfreitagabend nicht besonders viel los. Es war sein erster Dienst an einem Karfreitag, er war an der Reihe gewesen.
Dann wurde sein Rufgerät aktiv. Er rief die Zentrale an und die beorderte ihn an die Pforte. Es sei ein neuer Zugang eingetroffen, ein Notfall.
Ein Pulk von Menschen empfing ihn dort, die laut diskutierend um eine fahrbare Liege herumstanden, auf der eine Frau lag. Das Gesicht der Frau war sehr blass. Sie war in einen viel zu großen Mantel gehüllt, ihre Hände waren vor der Brust zusammengefaltet. War sie etwa schon tot?
Am Kopfende der Liege stand ein alter Grieche und bete laut das Vaterunser. Rechts daneben ein weiterer Mann mit total zerkratztem Gesicht, in der Hand ein blutiges Taschentuch, mit dem er immer wieder eine blutende Wunde an der Stirn abtupfte. Seine Kleider waren stellenweise zerrissen.
Daneben zwei weitere Personen, die sich über die Frau auf der Liege beugten und auf sie einredeten. Sie schienen sie durch ihr Flehen wieder ins Leben zurückrufen zu wollen.

Der Arzt trat an die Liege und verschaffte sich erst einmal einen Zugang zu der Frau.
„Bitte machen Sie doch Platz!"
Händeringen und murmelndes Beten.
Puls, Pupillenreflex, die Frau lebte. Soweit die erste Diagnose.
„Schwester, bringen Sie die Frau ins Behandlungszimmer – und schaffen Sie mir um Gottes Willen erst einmal diese Leute vom Hals!"
Er wandte sich an den Betenden.
„Können Sie mir sagen, was vorgefallen ist ?"
Das Vaterunser wurde nicht unterbrochen, stattdessen antwortete der Zerkratzte.
„Sie ist in der Kirche zusammengebrochen und wir haben sie hierher gebracht. Wir haben keine Ahnung , was mit ihr ist."
„Okay, warten Sie hier draußen."
Er wies auf ein paar Stühle und eilte ins Behandlungszimmer, wo die Schwester schon die Frau für die Untersuchung vorbereitet hatte.
Nach gründlicher Prüfung aller Vitalfunktionen konnte er für die Ohnmacht der Frau keinen Grund fest stellen, außer...
Er veranlasste, der Frau eine Infusion mit Traubenzucker anzulegen und ging wieder nach draußen zu den Wartenden.
Diese gruppierten sich sofort um den Arzt und bestürmten ihn mit Fragen.
„Wer ist für mich der Ansprechpartner?" fragte der Arzt.
Das schmale alte Männchen, immer noch die Hände gefaltet, stammelte:

„Ich, ich bin der Ehemann, wie geht es meiner Frau, bitte, bitte!"
„Beruhigen Sie sich erst einmal. Ihrer Frau geht es gut. Sie hatte nur einen Schwächeanfall, sie kommt bald wieder auf die Beine. Sagen Sie mal, nur eine Vermutung, wann hat sie eigentlich das letzte Mal gegessen?"
Stavros schaute den Arzt verblüfft an.
„Gegessen?"
„Ja, wann hat ihre Frau ihre letzte Mahlzeit zu sich genommen?"
„Äh, ja wann, äh, wir haben doch Fastenzeit und Karwoche, ich weiß nicht genau..."
„Wie es scheint, ist ihre Frau ins Koma gefallen, weil sie keine Nährstoffreserven mehr hatte, verstehen Sie, sie ist einfach umgefallen, weil ihr Körper nichts mehr zu verbrennen hatte, keine Nahrung, keine Energie, wie ein Auto, das stehen bleibt, wenn es kein Benzin mehr hat!"
„Kein Benzin mehr...?"
Stavros schien immer noch nicht zu verstehen.
„Kein Benzin mehr....? Aber, aber..."
„Kein Aber, ein menschlicher Organismus kann nur funktionieren, wenn man ihm regelmäßig Nährstoffe, also Essen, zuführt, Kalorien, verstehen Sie? Nahrung! Also, wann hat ihre Frau zuletzt etwas gegessen?"
Stavros runzelte die Stirn. Er konnte beim besten Willen sich nicht daran erinnern, wann sie Beide zuletzt an ihrem Esstisch saßen und gegessen hatten. Die Vorbereitungen auf das Osterfest waren so zeitaufwändig gewesen, dass sie gar nicht mehr dazu

kamen, ihre tägliche Routine zu leben, zu waschen, zu putzen, die Katzen zu füttern, selbst zu essen....
„Ich, ich glaube, letztes Wochenende, wir haben uns eine Tsipoura[3] gebraten."
„Letztes Wochenende?" Der Arzt schüttelte den Kopf. „Und seither haben Sie nichts mehr gegessen? Heute ist Freitag!"
„Ja,ja..." stammelte Stavros, „heute ist Karfreitag, Megalo Paraskevi, und , und wir mussten doch fasten..."
Der Arzt nahm Stavros an den Schultern und sah ihm dicht vor seiner Nase tief in die Augen.
„Aber Sie müssen sich doch nicht umbringen! Weder Gott, noch Christus noch die Kirche kann das wollen! Fasten heißt doch nicht, gar nichts zu essen! Wie kann man nur so unvernünftig sein!"
Stavros traten die Tränen in die Augen. Sie hatten das Essen so aus ihrem Alltag ausgeblendet, dass sie nicht merkten, wie es ihnen fehlte.
„Und Sie, wie geht es ihnen? Haben Sie keinen Hunger??"
Der Arzt nahm Stavros am Arm und setzte ihn vor sich auf einen Stuhl.
„Schwester, treiben sie bitte noch was vom Abendessen auf, am besten eine doppelte Portion, und bringen Sie es diesem Mann. Er muss es essen. Ärztliche Anordnung!"
Stavros merkte auf einmal, wie ihm der Magen knurrte. Er hatte dieses Knurren schon ein paar Tage bemerkt, es aber einfach überhört und sich mittlerweile daran

---

[3] Tsipoura, gr. Τσιππουρα, = Goldbrasse, beliebter Speisefisch im Mittelmeerraum

gewöhnt. Doch nun, nach der Standpauke des Arztes, kam das Knurren zurück und beherrschte mittlerweile seinen ganzen Oberkörper.
Essen? Hunger? Der Arzt hatte ihn nach dem letzten Essen gefragt. Ja, letzten Sonntag, da hatten sie diesen Fisch. Er war lecker, aber er hatte nicht satt gemacht. Aber das sollte er ja auch gar nicht, weil sie ja beim Fasten waren, so wie Gott es wollte.
Die Schwester rückte einen Tisch heran und stellte ein Tablett mit Brot, Wasser und einer riesigen Portion Pastitsio[4] vor ihn hin. Ein himmlischer Duft stieg ihm in die Nase und das Wasser lief ihm im Mund zusammen. Sein Magenknurren schwoll zu einem lauten Brummen an.
„Essen Sie! Jetzt! Alles! Sofort!"
Der Arzt stand vor ihm und schaute ihn streng an. Er schien keine Widerrede zu dulden.
Stavros griff nach der Gabel. Den ersten Bissen nahm er noch zögernd zu sich. Es schmeckte traumhaft. Er konnte sich nicht erinnern, jemals einen so leckeren Pastitsio gegessen zu haben. Er schloss die Augen und schluckte . Wie ein Fremdkörper rutschte der Bissen durch seine Speiseröhre und landete am Ort dieses unsäglichen Knurrens. Im ersten Augenblick schien das Tier in seinem Bauch etwas ruhiger zu werden, um danach jedoch förmlich „Mehr davon!!" zu schreien.
Stavros verlor jede Hemmungen. Er packte seine religiösen Prinzipien in eine Schublade seines Gehirns und schloss sie ab. Essen. Nur noch essen. Ja, er hatte

---

[4] Pastitsio = griechischer Nudelauflauf mit Hackfleisch und Bechamelsauce

Hunger, verdammt viel Hunger, er hatte sogar Kohldampf, riesigen Kohldampf!!
Er fiel wie ein Verhungernder, denn das war er ja praktisch, über den Nudelauflauf her und stopfte sich eine Gabel nach der anderen in den Mund, bis von der Portion kein Krümel mehr übrig war. Dann lehnte er sich zurück und schloss die Augen. Sein Magen fühlte sich auf einmal komisch an. Das Knurren war zwar verschwunden, aber dafür verspürte er auf einmal einen merkwürdigen Druck im Bauch, so, wie wenn er einen großen Stein verschluckt hätte. Er war Essen nicht mehr gewöhnt. Sein Magen muss so klein wie eine Murmel gewesen sein und wurde durch die Nudeln jetzt plötzlich wieder um ein Vielfaches gedehnt.
Er erschrak. Vor lauter Essen hatte er ganz seine Panagiota vergessen! Wie ging es ihr, wo war sie überhaupt?
Ihm gegenüber im Gang saß Panagiotis. Er war mittlerweile auch verarztet worden und trug einen dicken Turbanverband um den Kopf. Seine Hände waren verpflastert.
Aber er grinste unter dem Verband hervor zu Stavros hinüber.
„Ela, file mou, ti kanis? Efages?"[5]
Sofort packte Stavros das schlechte Gewissen. Was hatte er getan! Er hatte das Fasten gebrochen und es war doch erst Karfreitag! Panagia mou, wie konnte er das nur wieder gut machen?
Panagiotis schien seine Gedanken zu lesen.

---

[5] Hallo, mein Freund, wie geht es dir? Hast du was gegessen?

„Mach Dir keine Gedanken! Der Herr wird es dir nach sehen. Besser so, als wenn er ein Schäfchen verloren hätte und du verhungert wärst!"

Stavros stand auf und ging mit zittrigen Beinen zum Behandlungszimmer. Die Tür stand einen Spalt offen. Vorsichtig öffnete er sie und betrat das Zimmer. Auf der Liege in der Mitte lag seine Panagiota und hatte – Doxa to Theo – die Augen geöffnet! Auch in ihre Wangen war ein leichter rosa Schimmer zurückgekehrt. Er ging zu ihr hin und ergriff ihre Hand.

„Agapimou", flüsterte er „wie geht es dir?"

Panagiota schaute ihn lächelnd an.

„Mit geht es gut. Was ist denn nur passiert?"

Der Arzt kam ins Zimmer und sah die beiden Alten .

„Ich habe ihrer Frau ein Stärkungsmittel verabreicht und ihr eine Infusion gegeben. Es geht ihr besser, aber sie muss unbedingt etwas essen. Hat ihnen das Abendessen geschmeckt?"

Beim Wort „Abendessen" wurden Panagiotas Augen groß, noch größer, als sie in ihrem kleinen Gesicht sowieso schon wirkten.

„Abendessen? Aber..." sie schaute zu ihrem Mann, „hast du zu Abend gegessen? Aber wir..."

„Schluss!" sagte der Arzt mit bestimmter Stimme. „ Ich verbiete Ihnen, weiter zu fasten. Sie bringen sich ja sonst noch um. Essen Sie was, lassen Sie bitte den Unsinn mit der Fasterei, es kann nicht im Sinne Gottes sein, dass Sie sich umbringen!"

Stavros nickte seiner Frau liebevoll zu.

„Agapimou, wir sollten auf ihn hören. Vielleicht haben wir es ja übertrieben. Wir haben Glück gehabt, dass Dir nicht noch mehr passiert ist..."

Und dann erzählte er ihr alles, was passiert war. Wie sie in der Kirche zusammengebrochen war, wie man sie rausgetragen hatte, wie man sie auf den Datsun gelegt hatte, die abenteuerliche Fahrt im Dunkeln, wie sie von der Straße abgekommen waren, dass Panagiotis glücklicherweise mit gefahren war, wie er seinen Schwager angerufen hatte, der dann mit seinem Auto kam und den Datsun mit Panagiota drauf aus dem Graben gezogen hatte, sie dann mit dem Ziegenseil hinten angebunden und zum Krankenhaus geschleppt hatte.
Panagiota konnte es kaum glauben. Am Ziegenseil...?
„Der Pastitsio schmeckt übrigens sehr lecker. Ich schlage vor, dass du davon jetzt eine Portion isst. Der ist fast so gut wie Deiner! Kali orexi!"

# Griechische Akzente

ένα φύλλο

για τον φίλο

Ein Freund von mir ging in ein Schreibwarengeschäft. Er war zu einer Hochzeit eingeladen und wollte eine Glückwunschkarte kaufen. Da er die Sprache ganz gut spricht, teilte er der Verkäuferin sein Anliegen mit und sagte:
"θελω να εχω μια καρτουλα για γαμώ, παρακαλο!"
Die Verkäuferin sah in sprachlos an. In seinen Augen spiegelten sich eine Mischung aus Entsetzen, Unverständnis und Amüsiertheit. Die umstehenden Kunden brachen in Gelächter aus. Mein Freund verstand überhaupt nicht, wie ihm geschah. Was war nur los? Warum lachten alle? Offensichtlich lag ein Missverständnis vor. Er wiederholte seine Frage, was

aber nur zu noch mehr Lacherfolg beim Publikum führte. So langsam wurde ihm unwohl zumute. Hatte er was Falsches gesagt?

Zu seinem Glück fasste sich die Angestellte alsbald wieder . Sie verstand sein Anliegen und er bekam seine Karte. Aber die Heiterkeit auf seine Kosten in dem Geschäft legte sich nur langsam. Verwirrt verließ mein Freund den Laden mit seiner Karte.

Die Geschichte ließ ihm keine Ruhe und er erzählte sie ein paar Tage später einem griechischen Freund.

„Was hast Du gefragt?"

Der Freund konnte sich auch kaum beherrschen vor Lachen.

„Weißt Du, was Du gefragt hast? Du wolltest eine Bumskarte haben! Erstens gibt es die nicht in einem Schreibwarenladen und zweitens bist du glücklich verheiratet!"

Die Auflösung des Rätsels und der Grund für das Gelächter lag in der falschen Betonung eines Wortes in seiner Frage.

Er wollte sagen:

„Ich hätte gerne eine Karte für eine Hochzeit!"

Er sagte aber:

„Ich hätte gerne eine Karte fürs Bumsen!"

Er war in die Betonungsfalle gegangen!

Diese Fallen lauern immer und überall dort, wo man als Ausländer nicht sauber den Akzent auf die griechischen Worte setzt in seinen Sätzen. Ganz schnell ist man dann in einem Fettnapf, aus dem man nicht mehr so leicht herausbewegen kann.

So ging es auch meinem Freund. Er merkte nicht, was er falsch machte, als er völlig arglos diese

verhängnisvolle Frage stellte.
Ihm war die Angelegenheit wahnsinnig peinlich – verständlicherweise! Er ging später nie wieder in diesen Laden, er wollte sich der Häme nicht aussetzen: „Da kommt der wieder mit der Bumskarte!"
Er wird nicht der einzige sein und bleiben, der dieser verhängnisvollen Verwechslung zum Opfer fällt und in diese Falle tappt.
Ein kleiner Strich auf dem Vokal – er macht den Unterschied!
Der Akzent – im Griechischen so wichtig wie in kaum einer anderen Sprache. Falsch gesetzt hat man ein „kleines" oder, je nach dem, auch „großes" Kommunikationsproblem.
Betrachten wir die Ursache des Missverständnisses in diesem Beispiel mal genauer:
Das griechische Wort für Hochzeit heißt „Γάμμο", in lateinischen Buchstaben: „Gámmo", mit Betonung auf der ersten Silbe, dem „a".
„Γαμώ – gamó" ist ein Verb und wird übersetzt mit „bumsen", ein Wort aus der Umgangs- und Vulgärsprache, aber unmissverständlich, es sei denn, man betont es auf der ersten Silbe, dann wird es ausgesprochen zu „Hochzeit" . Betont man das Wort Hochzeit auf der zweiten Silbe, dann wird daraus „bumsen."
So einfach ist das , beziehungsweise so kompliziert! Das Eine hat zwar indirekt was mit dem Anderen zu tun, allerdings sollte man sich immer sicher sein, was man gerade wirklich meint.
Ein anderes Beispiel.
In einer Taverne sitzt ein Paar beim Tavlispiel. Er ist

Grieche, sie ist Deutsche. Die Taverne ist gut gefüllt, es ist früher Nachmittag. Die Beiden sind in ihr Spiel vertieft und haben die Umgebung ausgeblendet. Die Würfel klackern , die Spielsteine wandern, mal wird der eine , mal der andere rausgeworfen.
Einmal geht es der Dame nicht schnell genug, dass ihr Gegenüber seinen Spielstein vom Brett nimmt und sie ruft ihm zu:
„Βγάλε το πουλί σου!"
Schlagartig verstummten die Gespräche an den Tischen. Alle Augenpaare wanderten in Richtung des Paares.
Der Spielpartner der Deutschen, eine Grieche eben, duckte sich unter der Wirkung des Gesagten, blickte sich erst vorsichtig um, dann sah er seine Partnerin von unten an und flüsterte:
„Was soll ich...? Weißt Du, was Du gesagt hast?"
Die so Angesprochene merkte, dass irgendetwas nicht stimmen konnte. Sie fühlte die Blicke der Gäste auf sich, die plötzliche, erwartungsvolle Stille machte sie unsicher.
„Äh, was soll ich gesagt haben? Du sollst Deinen Spielstein rausnehmen!"
Der Grieche, immer noch geduckt, als ob er sich in irgendein imaginäres Mauseloch verkriechen wollte, antwortete:
„Nein, Du hast gesagt, dass ich meinen Schwanz rausholen soll..."
„Wwwas?"
Das Blut schoss ihr in den Kopf, sie lief puterrot an.
„Wie bitte, was soll ich gesagt haben?"
„Du hast gesagt, dass ich meinen Vogel raus holen soll, das heißt soviel, wie meinen Schwanz, jedenfalls in der

Umgangssprache."
Ihr verschlug es die Sprache. Sie blickte in die Runde und verspürte den Drang sofort aus der Taverne zu rennen, im Boden zu versinken.
„Aber wieso...?"
„Du hast einfach nur falsch betont. Du wolltest „πόυλι" sagen, hast aber «πουλί" gesagt. Das ist ganz was anderes."
Langsam löste sich die Spannung an den Tischen. Die Männer lachten, schlugen sich auf die Schenkel, ließen den ein oder anderen anzüglichen Spruch los und wendeten sich dann wieder ihren Tischnachbarn zu. Die Lage entspannte sich.
Der armen Tavlispielerin trat der Schweiß auf die Stirn.
„Das habe ich gesagt?"
Sie konnte es kaum glauben. Da wollte sie doch nur ganz harmlos ihren Partner dazu auffordern, den Stein raus zu nehmen und dann , nur durch diese einzige kleine Verschiebung des Akzentes, wurde es zu einer obszönen Aufforderung.
„Ok," sagte der Grieche, „lass uns zahlen und dann gehen, ich glaube, die anderen warten noch immer darauf, was jetzt wohl passiert."
An dem Spießrutenlauf zum Ausgang kam sie nicht vorbei. Feixend saßen die Männer da und grinsten sie unverhohlen an. Erst als sie an der frischen Luft war wurde ihr wohler. An dieses Tavlispiel würde sie wohl noch lange zurückdenken.


Solcherlei Szenen spielen sich in Gesprächen zwischen Griechen und Ausländern wohl häufiger ab , als man denkt. Gott sei dank sind dabei nicht immer die harten Ausrutscher dabei, wie oben beschrieben, aber selbst kleine führen manchmal zu Missverständnissen , um nicht zu sagen Unverständnis zwischen den Gesprächspartnern. Dabei spielt zwar oft die Betonung eine Rolle, aber auch die falsche Aussprache eines griechischen Vokales oder Konsonanten kann dazu führen, dass der oder die Griech/in nicht weiß, was der andere eigentlich sagen will.

Das griechische Alphabet hat 24 Buchstaben, darunter 7 Vokale und 17 Konsonanten.

Schon bei den 3 verschiedenen „I"s muss man aufpassen, allerdings eher bei der Schreibweise eines Wortes , als bei der Aussprache. Auch von den „O"s gibt es zwei, hier gilt das gleiche wie bei den „I"s. „U" ist nicht gleich „U", weil zwei Vokale zusammen auch als „U" ausgesprochen werden können (ou).

Viel problematischer ist die umgangssprachliche Verwendung der Konsonanten.

Ein „G" beispielsweise kann als hartes , tief im Rachen gesprochenes „GH" ausgesprochen werden ( „wie wenn man gurgelt, aber ohne Flüssigkeit..."), fast ein kehlige, arabische Aussprache sozusagen, oder als weiches „J", wenn es vor e oder i steht.

Auch die verschiedenen „S" , die stimmlos oder stimmhaft ausgesprochen werden, sind eine Herausforderung, zu denen gesellt sich dann auch noch das fast schon britische „Ti-eitsch", also das gelispelte „S".

Das „X" hat auch zwei Varianten, von denen das Eine nochmals in zwei Unterformen ausgesprochen werden muss: Als hartes „CH" und das andere als weiches

„CH", fast schon wieder ein „J". Das eigentliche „X" ist für mich der schönste Buchstabe im griechischen Alphabet und schreibt sich „ξ", gesprochen „KS".
Weiter möchte ich gar nicht vordringen in die komplizierten Zusammenhänge des griechischen Alphabetes. Für den Leser in diesem Buch möge dieser Exkurs genügen. Er soll verdeutlichen, wie schwierig, ja bisweilen kompliziert es sein kann in einem Gespräch mit Griechen sich verständlich zu machen. Doxa to Theo – Gott sein Dank sind die Griechen ein Volk, dass nicht allzu kritisch mit Fremdsprachlern umgeht, sie also nicht verurteilt , weil sie die Sprache nicht beherrschen. Im Gegenteil. Die meisten Griechen freuen sich, wenn sie sehen, dass sich ihr Gesprächspartner Mühe gibt, ihre Sprache zu sprechen, auch wenn er dabei ein paar Fehler macht. Sie verzeihen es ihm und sehen seine Anstrengung als Kompliment für ihr Land und ihre Sprache, weil sie wissen, wie schwierig es ist, Neugriechisch zu lernen und – noch schwieriger – auch anzuwenden. Mögen Sie, liebe Leser, falls sie Neugriechisch lernen wollen, dabei niemals den Mut verlieren und viele freundliche, verständnisvolle und nachsichtige Gesprächspartner haben !

Im Anhang dieses Kapitels finden Sie einige der heikelsten Verwechslungen bei der Betonung bei fast gleicher Schreibweise. Zur tunlichsten Verinnerlichung!

Πότε = wann und ποτέ = niemals

Η πόλη = die Stadt und πολύ = viel

Η τράπεζα = die Bank und το τραπέζη = der Tisch

γαμώ = ficken und wird im Sinne von "Scheiße" benutzt, z. B. γαμώ το! und Το γάμμο = Hochzeit wobei "gamo" im Altgriechischen "heiraten" bedeutet und mit dem heutigen Wort "gamos" verwandt ist (Verbum enklitikum: Gameo tina - jemanden heiraten - nur im Altgriechischen!!!!)

Που = der, die, das; welche(r,s); dass - πού = wo , wohin

Πού και πού και που και πού, χα χα χα = Hier und da und der/wo/was und wo ☐

Τέλεια = perfekt – τελεία = Punkt

Η δουλειά = Arbeit – η δουλεία = Sklaverei

Το πούλι = der Spielstein und το πουλί = der Vogel (umgangssprachlich auch für männliches Geschlechtsteil).

Το φιλάκι = das Kuesschen und η φυλακή - das Gefaengnis

Το φιλί = der Kuss und οι φίλοι, = die Freunde

Το τζάμι = die Glasscheibe und το τζαμί = die Moschee

Ο καλός = der Gute und ο κάλος = das Hühnerauge

Το χαρτή = das Papier und ο χάρτις = Landkarte
1
Το μίλο = der Apfel und μιλώ - ich spreche

Το σχόλιο = der Kommentar und το σχολείο = die Schule

Ο Σύρταρι = ein Fisch (Nase, Wissenschaftlich Chondrostoma vardarense), lebt in nordgriechischen Flüssen und το συρτάρι = die Schublade.

Γερός = stark und ο γέρος = der Alte, der Greis

Διάφορα = verschieden und η διαφορά = Unterschied

Χέρω = ich kann/weiß und ξερό = trocken

Η λύπη = die Trauer und ο λίπος = das Schmierfett

το μήλο = der Apfel und μιλώ = ich spreche

Vielen Dank für die Fotos an Heiderose Kladuhos von der Gruppe „Neugriechisch Lernen" auf Facebook. Sie hat die Verwechslungen in der Sprache durch ihre Fotos noch anschaulicher gemacht.

# Totale Stille

Leise knirscht der Kiel des Dinghis in den Sand. Keine Welle bewegt sich. Das Meer liegt glatt wie ein Spiegel in der Bucht. Nur die eigenen Füße bewegen die Wasseroberfläche. Langsam ziehe ich das Boot auf den

Strand und lege mich dann daneben. Der Sand ist noch warm von der untergegangenen Sonne, ganz leicht beginnt der Tau der Nacht sich auf seiner Oberfläche abzulegen. Vor mir liegt mein Schiff wie eine Statue in der Bucht. Keine Bewegung der Masten, nicht das leiseste Schaukeln. Nur als Schattenriss sehe ich die Takelage gegen den sternenklaren Himmel. Ich lasse den Kopf nach hinten sinken und blicke in das Myriadengefunkel über mir. Wer hat sie gezählet... das alte Kinderlied fällt mir wieder ein und auch meine Anstrengungen selbst als Kind sie zu zählen. Meist habe ich irgendwo bei tausend aufgehört, oft, weil ich eingeschlafen bin dabei. So ein Firmament wie hier habe ich noch nie gesehen. Die Helligkeit der Sterne hüllt den Strand in ein eigenartig blausilbernes Licht - faszinierend und zauberhaft. Wie aus Merlins Zauberstab glitzern die einzelnen Punkte , zittern, blinken, scheinen sich zu verändern, zu verschwinden , um doch wieder gleich aufzutauchen. Die Milchstraße zieht sich quer über den Himmel, tatsächlich so, als ob der große Wagenlenker eine Milchkanne verloren hätte. Ich höre meinen Atem, spüre meinen Herzschlag, in den Ohren das Sausen meines Blutes. Doch sonst höre ich ....nichts! Kein auch nur noch so leichtes Plätschern einer Welle, keine Tiergeräusche, die Natur hält inne, wie ich auch inne halte und fast den Atem anhalte, um diese Ewigkeit nicht zu stören. Es sind diese ganz seltenen Momente im Leben, wo man glaubt, die Zeit bliebe stehen. Es gibt keinen Takt mehr, alles spielt sich in Zeitlupe ab. Das Bewusstsein weitet sich, nimmt alles gleichzeitig auf und speichert es. Ich habe davon gelesen, dass Menschen kurz vor dem Tod so empfinden sollen, das Leben spielt sich nochmals als Schnelldurchlauf ab vor dem inneren Auge, wenn es schon so etwas wie ein Bewusstsein gäbe, dann wäre dieses Empfinden auch so bei der Geburt . Und hier. Alles andere wird unwichtig, verblasst. Der Moment jetzt ist der Zenit der Gefühle. Strand, Kosmos, Meer und ich in der Mitte. Ich fühle mich aufgenommen im Schoß des Strandes, fühle das warme Meer an meinen Füßen unter mir und das kalte Sternenmeer über mir. Ich wünsche mir, dass ich ewig so liegen bleiben könnte.

Die kleine Waldohreule weckt mich aus meinem Sommernachtstraum. "Piooo! Piooo!" Bewegung kommt wieder in meine Glieder, langsam wende ich den Kopf in ihre Richtung und antworte ihr. Wie immer springt die neugierige kleine Eule sofort auf den Ruf an Es dauert nicht lange, dann sitzt sie direkt auf dem Felsen neben meinem Boot und wir unterhalten uns . Leider ist ihr Wortschatz nicht sehr groß und eigentlich bin ich ihr auch nicht böse, dass sie meine Idylle unterbrochen hat. Es ist Zeit für die Koje und vorsichtig und ganz leise rudere ich wieder an Bord zurück. Die Rufe meiner nächtlichen Besucherin klingen irgendwie bedauernd hinter mir her, vielleicht hätte sie sich gerne noch länger mit mir unterhalten..."Pioo!"

# Danke

In erster Linie gilt mein Dank meiner Frau Gaby, die mich nicht nur immer wieder ermuntert hat, die Geschichten nieder zu schreiben, sondern auch noch ihren Feenstaub über die Gedankengänge niederrieseln ließ.
Meinen Freunden in Χατζη danke ich für deren Inspirationen, ohne deren Originalität und Witz viele Ideen gar nicht entstanden wären. Danke Adonis, Alexandros, Andreas, Basil, Blerta, Christos, Christine, Costas, Dina, Eleni, Foto, Giorgos, Giorgia, Günther, Hermann, Herbert, Inge, Ines, Jana, Jutta, Jürgen, Konstantina, Kurt, Lisa, Maria, Mitsos, Moni (bester Kuchen östlich von Nürnberg), Nikos, Pavlos, Petros, Panagiotis, Rainer (Mann für alle Fälle), Richard, Spiros, Stavros, Susi, Thanassis, Thomas, Theodoros, Ute, Ulla, Vangelis, Vassilis und, last not least, Werner für Deine Geduld mit meinem katastrophalen Gitarrenspiel und Deine musikalische Begleitung.

# Hinweise

Dieses Büchlein hört zwar hier auf, aber die Geschichten gehen weiter , es ist sozusagen eine „never ending story". Es ist schon wieder soviel passiert in der Zwischenzeit, dass es lohnt, an eine Fortsetzung zu denken. Also wird es irgendwann ein neues Büchlein geben, vielleicht mit dem Titel „ Noch mehr Stille Tage in Chatsi". An dem neuen Manuskript wird schon gearbeitet und die Dorfbewohner tragen , gewollt oder ungewollt, schon fleißig Material zusammen.
Wer sich weiter informieren möchte über unser Dorf, dem sei folgende Webseite empfohlen:
www.xatzh.de
Ebenso gibt es auf Facebook eine Gruppe mit Namen „Χατζη το χοριο μας"
und auch unser Haus steht im Internet:
www.kyparissia.de
Wer also mal Χατζη live erleben möchte, der kann sich gerne über diese Seite anmelden. Er ist herzlich willkommen!